LA MORT
DU ROI TSONGOR

DU MÊME AUTEUR CHEZ ACTES SUD

COMBATS DE POSSÉDÉS, Actes Sud - Papiers, 1999.
ONYSOS LE FURIEUX, Actes Sud - Papiers, 2000.
PLUIE DE CENDRES, Actes Sud - Papiers, 2001.
CRIS, 2001.
CENDRES SUR LES MAINS, Actes Sud - Papiers, 2002.
LE TIGRE BLEU DE L'EUPHRATE, Actes Sud - Papiers, 2002.

Photographie de couverture :
Pascal Maître, cure traditionnelle dans une clinique à Bamenda, Cameroun

LAURENT GAUDÉ

La Mort
du roi Tsongor

roman

pour Yannis Kokkos
et Anne Blancard

CHAPITRE I

LA GRANDE NUIT BLANCHE
DU ROI TSONGOR

D'ordinaire, Katabolonga était le premier à se lever dans le palais. Il arpentait les couloirs vides tandis qu'au-dehors la nuit pesait encore de tout son poids sur les collines. Pas un bruit n'accompagnait sa marche. Il avançait sans croiser personne, de sa chambre à la salle du tabouret d'or. Sa silhouette était celle d'un être vaporeux qui glissait le long des murs. C'était ainsi. Il s'acquittait de sa tâche, en silence, avant que le jour ne se lève.

Mais ce matin-là, il n'était pas seul. Ce matin-là, une agitation fiévreuse régnait dans les couloirs. Des dizaines et des dizaines d'ouvriers et de porteurs allaient et venaient avec précaution, parlant à voix basse pour ne réveiller personne. C'était comme un grand navire de contrebandiers qui déchargeait sa cargaison dans le secret de la nuit. Tout le monde s'affairait en silence. Au palais de Massaba, il n'y avait pas eu de nuit. Le travail n'avait pas cessé.

Depuis plusieurs semaines, Massaba était devenue le cœur anxieux d'une activité de fourmis. Le roi Tsongor allait marier sa fille avec le prince des terres du sel. Des caravanes entières venaient des contrées les plus éloignées pour apporter épices, bétail et tissus. Des architectes avaient été diligentés pour élargir la grande place qui s'étendait devant la porte du palais. Chaque fontaine avait été décorée. De longues colonnes marchandes venaient apporter des sacs innombrables de fleurs. Massaba vivait à un rythme qu'elle n'avait jamais connu. Au fil des jours, sa population avait grossi. Des milliers de tentes, maintenant, se tenaient serrées le long des remparts, dessinant d'immenses faubourgs de tissu multicolores où se mêlaient le cri des enfants qui jouaient dans le sable et les braiements du bétail. Des nomades étaient venus de loin pour être présents en ce jour. Il en arrivait de partout. Ils venaient voir Massaba. Ils venaient assister aux noces de Samilia, la fille du roi Tsongor.

Depuis des semaines, chaque habitant de Massaba, chaque nomade avait déposé, sur la place principale, son offrande à la future mariée. C'était un gigantesque amas de fleurs, d'amulettes, de sacs de céréales et de jarres de vin. C'était une montagne de tissus et de statues sacrées. Chacun voulait offrir à la fille du roi Tsongor un gage d'admiration et une prière de bénédiction.

Or, en cette nuit-là, les serviteurs du palais avaient été chargés de vider la place de toutes ces offrandes. Il ne devait plus rien rester. Le vieux roi de Massaba voulait que l'esplanade soit décorée et resplendissante. Que tout son parvis soit jonché de roses. Que sa garde d'honneur y prenne place en habit d'apparat. Le prince Kouame allait envoyer ses ambassadeurs, pour déposer aux pieds du roi les présents qu'il offrait. C'était le début de la cérémonie nuptiale, la journée des présents. Tout devait être prêt.

Les serviteurs du palais, toute la nuit, n'avaient cessé de faire des allers-retours, entre la montagne de cadeaux de la place et les salles du palais. Ils transportaient ces centaines de sacs, de fleurs et de bijoux. Ils disposaient le plus harmonieusement possible, en prenant bien soin de ne pas faire de bruit, les amulettes, les statues et les tapisseries dans les différents appartements du palais. Il fallait que la grande place soit vide. Et que le palais, lui, soit riche de ces signes d'affection du peuple. Il fallait que la princesse Samilia se réveille dans un palais aux mille parfums et couleurs. C'était à cela que travaillaient, silencieusement, les longues colonnes de porteurs. Ils devaient finir avant que la princesse et sa suite ne se réveillent. Le temps commençait à manquer. Car ils avaient croisé et reconnu, pour certains d'entre eux, Katabolonga. Ils savaient que si Katabolonga était debout, c'est que le jour n'allait pas tarder à se lever et avec lui, le roi Tsongor. Aussi, au fur et à mesure que Katabolonga avançait dans les couloirs du palais, au fur et à mesure qu'il se rapprochait de la salle du tabouret d'or, l'agitation croissait et les serviteurs se faisaient de plus en plus rapides et affairés.

Katabolonga, lui, n'était touché par aucune anxiété. Il marchait lentement comme à l'accoutumée. Au rythme calme qui était le sien. Il savait qu'il avait le temps. Que le jour ne se lèverait pas tout de suite. Il savait – comme tous les jours depuis des années – qu'il serait prêt, assis au chevet du roi lorsque celui-ci ouvrirait les yeux. Il pensait simplement que c'était la première fois, et certainement la dernière, qu'il croisait tant d'hommes lors de sa marche nocturne et que le bruit de ses pas était accompagné de tant de murmures.

Mais lorsque Katabolonga entra dans la salle du tabouret d'or, il se figea brusquement. L'air qui lui caressait le visage lui murmurait quelque chose qu'il ne parvenait pas à comprendre. Au moment où il avait ouvert la porte, il lui avait semblé, le temps d'un instant, que tout allait finir. Il se reprit. Traversa la pièce pour prendre le tabouret d'or, mais à peine eut-il saisi la relique, qu'il dut la lâcher. Le tremblement qui lui parcourut les bras lui dit, à nouveau, que tout allait finir. Cette fois, il écouta ce sentiment monter en lui. Il écouta et le trouble s'empara de lui. Il écouta. Et il sut qu'aujourd'hui, effectivement, tout allait cesser. Il sut qu'aujourd'hui il tuerait le roi Tsongor. Qu'aujourd'hui était le jour auquel il avait pensé échapper. Il comprit que ce jour était le dernier où le roi se lèverait, le dernier où lui, Katabolonga le sauvage, le suivrait de salle en salle, marchant toujours sur ses pas, veillant sur ses moindres fatigues, écoutant ses soupirs et s'acquittant de la plus honorifique des tâches. Le dernier jour où il serait le porteur du tabouret d'or.

Il se releva. Essayant de faire taire le trouble qui était né en lui. Il saisit le tabouret et parcourut les couloirs du palais. Les mâchoires serrées sur cette conviction obscure qu'aujourd'hui était le jour où il tuerait son ami, le roi Tsongor.

Lorsque Tsongor se leva, il eut immédiatement le sentiment que cette journée serait trop courte pour qu'il puisse s'acquitter de tout ce qu'il avait à faire. Il respira profondément. Il savait que le calme ne lui serait plus offert jusqu'au soir. Il salua Katabolonga qui se tenait à ses côtés. Et ce visage lui fit du bien. Il salua Katabolonga, mais celui-ci, au lieu de lui rendre son salut et de lui présenter son collier royal, comme il le faisait chaque matin, lui murmura à voix basse :

"Tsongor, je veux te parler.

— Je t'écoute, répondit le roi.

— C'est pour aujourd'hui, mon ami", dit Katabolonga.

La voix du porteur avait quelque chose d'étrange, mais Tsongor n'y prêta pas attention. Il dit simplement : "Je sais." Et la journée commença.

La vérité est que Tsongor n'avait pas compris ce que voulait dire Katabolonga. Ou plutôt, il avait pensé que son porteur lui rappelait ce qu'il savait déjà, ce à quoi il pensait chaque minute de sa vie depuis plusieurs mois, que sa fille se mariait et que les cérémonies débutaient aujourd'hui. Il avait répondu mécaniquement. Sans réfléchir. S'il avait prêté attention aux traits de son vieux serviteur, il

15

y aurait vu une tristesse profonde, comme un soupir du visage, qui peut-être lui aurait fait comprendre que ce n'était pas du mariage que parlait Katabolonga. Mais d'autre chose. De cette vieille histoire qui unissait les deux hommes depuis si longtemps.

C'était à l'époque où le roi Tsongor était jeune. Il venait de quitter le royaume de son père. Sans se retourner. Laissant le vieux roi périr sur son trône fatigué. Tsongor était parti. Il savait que son père ne voulait rien lui léguer et il refusait de subir cette humiliation. Il était parti, crachant sur le visage de ce vieillard qui ne voulait rien céder. Il avait décidé qu'il ne demanderait rien. Qu'il ne supplierait pas. Il avait décidé de construire un empire plus vaste que celui qu'on lui refusait. Ses mains étaient vives et nerveuses. Ses jambes le démangeaient. Il voulait parcourir des terres nouvelles. Porter le fer. Entreprendre des conquêtes aux confins des terres connues. Il avait faim. Et jusque dans ses nuits, il prononçait le nom des contrées qu'il rêvait d'assujettir. Il voulait que son visage soit celui de la conquête. Il leva son armée alors même que le corps de son père était encore chaud dans sa tombe, et partit vers le sud, avec l'intention de ne jamais reculer, d'arpenter la terre jusqu'à ce qu'il n'ait plus de souffle et de faire flotter partout les enseignes de ses ancêtres.

Les campagnes du roi Tsongor durèrent vingt ans. Vingt ans de campements. De combats. Et d'avancées. Vingt ans où il ne dormit que sur des lits de fortune. Vingt ans à consulter des cartes. A élaborer des stratégies. Et à porter ses coups. Il était invincible. A chaque nouvelle victoire, il ralliait les ennemis à ses rangs. Leur offrant les mêmes privilèges qu'à ses propres soldats. Et son armée, ainsi, malgré les pertes, malgré les corps mutilés et les famines, ne faisait que grossir. Le roi Tsongor vieillit à cheval. Le fer à la main. Il prit femme à cheval, pendant une de ses campagnes. Et chaque naissance de ses enfants fut acclamée par la masse immense de ses hommes encore suant de l'ardeur des champs de bataille. Vingt ans de lutte et d'expansion jusqu'au jour où il parvint au pays des rampants. C'étaient les dernières terres inexplorées du continent. Aux confins du monde. Après cela, il n'y avait plus rien que l'océan et les ténèbres. Les rampants étaient une peuplade de sauvages qui vivaient, disséminés, dans des huttes de boue minuscules. Ils n'avaient ni chef, ni armée. C'était une succession de hameaux. Chaque homme vivait là, avec ses femmes. Dans l'ignorance du monde qui l'entourait. C'étaient de grands hommes maigres. Squelettiques parfois. On les appelait les rampants parce que, malgré leur très grande taille, leurs huttes n'arrivaient pas à la hauteur d'un cheval. Personne ne savait pourquoi ils ne construisaient pas d'habitat à leur taille. Vivre ainsi, dans des huttes minuscules, leur donnait à tous une silhouette voûtée. Un peuple de géants qui ne se tenaient jamais droits. Un peuple de grands hommes maigres qui marchaient, de nuit, le long des sentiers de poussière, le dos plié, comme si le ciel pesait de tout son poids sur eux. En combat singulier, c'étaient les plus terrifiants des adversaires. Ils étaient vifs et sans pitié. Ils se déployaient de toute leur taille et fondaient sur leurs adversaires comme des guépards affamés. Même désarmés, ils étaient redoutables. Il était impossible de les faire prisonniers car tant qu'il restait en eux une parcelle de force, ils se ruaient sur le premier homme qu'ils voyaient et tentaient de le terrasser. Il ne fut pas rare de voir des rampants enchaînés se jeter sur leurs geôliers et les tuer à coups de dents. Ils mordaient. Ils griffaient. Ils hurlaient et dansaient sur le corps de leur adversaire jusqu'à ce que celui-ci ne fût plus qu'une bouillie de chair. Ils étaient redoutables, mais ils n'offrirent au roi Tsongor qu'une piètre résistance. Jamais ils ne parvinrent à s'organiser. Jamais ils n'arrivèrent à opposer à son avancée une ligne de front. Le roi pénétra dans les terres rampantes sans trembler une seule fois. Il brûla un à un les villages. Il réduisit tout en cendres et le pays ne fut bientôt plus qu'une terre sèche et vide où l'on entendait le cri des rampants, la nuit, qui hurlaient leur peine, insultant le ciel pour cette malédiction qui tombait sur eux.

Katabolonga était l'un d'eux. Un des derniers, probablement, à être encore en vie lorsque le roi fut sur le point d'achever ses conquêtes. Sa hutte, comme celle de tant d'autres, avait été mise à bas. Ses femmes violées et assassinées. Il avait tout perdu. Mais, pour une raison que personne ne s'expliqua jamais, il n'eut pas la même réaction que ses frères. Il ne se précipita pas, lui, sur le premier soldat qu'il vit pour essayer de lui arracher le nez à pleines dents et baigner ses mains dans un sang de vengeance. Non. Il attendit. Longtemps. Il attendit que le pays entier soit assujetti. Que le roi Tsongor établisse son dernier campement dans ce grand pays vaincu. Alors seulement il sortit des bois où il s'était caché.

C'était un jour magnifique de lumière et de calme. Plus aucun soldat ne se battait. Plus aucun combat n'avait lieu nulle part. Plus aucune hutte ne tenait debout. L'armée tout entière se reposait dans cet immense campement et fêtait sa victoire. Les uns nettoyaient leurs armes. Les autres soulageaient leurs pieds. On discutait, en troquant quelques trophées.

Katabolonga se présenta aux portes du camp. Nu. Sans arme. Le visage haut. Sans trembler. Aux soldats qui lui barrèrent la route et lui demandèrent ce qu'il voulait, il répondit qu'il venait voir le roi. Et il y avait une telle autorité dans sa voix, un tel calme, qu'on le mena jusqu'à Tsongor. Il traversa tout le campement. Ce fut une marche de plusieurs heures car l'armée était immense de tous ces peuples assimilés, mis côte à côte dans cette entreprise de sang et de conquête. Il marcha sous le soleil, la tête droite. Et il y avait quelque chose de si étrange à voir un rampant marcher de la sorte, calme, déterminé, altier, il y avait quelque chose de si beau dans cette marche que les soldats lui firent cortège. Ils voulaient voir ce que le sauvage désirait. Ils voulaient voir ce qu'il adviendrait. Le roi Tsongor aperçut, au loin, un nuage de poussière. Et il distingua une haute silhouette qui dominait une foule de soldats amusés et curieux. Il arrêta de manger et se leva. Et lorsque le sauvage fut devant lui, il le contempla longuement, en silence.

"Qui es-tu ? demanda-t-il à cet homme qui pouvait, à tout moment, se ruer sur lui et tenter de le déchiqueter à pleines dents.

— Je m'appelle Katabolonga." Il y eut un silence immense dans l'armée qui se pressait autour de la tente du roi. Les hommes étaient étonnés de la beauté de la voix du sauvage. De la fluidité avec laquelle les mots avaient coulé de sa bouche. Il était nu. Ebouriffé. Les yeux rougis par le soleil. Face à lui, le roi Tsongor semblait un enfant chétif.

"Que veux-tu ?" demanda le souverain.

Katabolonga ne répondit pas. Comme s'il n'avait pas entendu la question. Un temps interminable s'écoula pendant lequel les deux hommes ne se quittèrent pas des yeux. Puis le sauvage parla.

"Je suis Katabolonga et je ne réponds pas à tes questions. Je parle quand je le veux. Je suis venu pour te voir. Et te dire, devant tous les tiens réunis, ce qui doit être dit. Tu as rasé ma maison. Et tué mes femmes. Tu as piétiné mes terres sous les sabots de ton cheval. Tes hommes ont respiré mon air et ont fait des miens des bêtes en fuite qui disputent leur nourriture aux singes. Tu es venu de loin. Pour brûler ce que j'avais. Je suis Katabolonga et personne ne brûle ce que je possède sans perdre la vie. Je suis là. Devant toi. Je suis là. Au milieu de tous tes hommes réunis. Je veux te dire cela. Je suis Katabolonga et je te tuerai. Car par ma hutte piétinée, par mes femmes tuées, par mon pays brûlé, ta mort m'appartient."

Dans le campement, il n'y avait plus un bruit. Pas un cliquetis d'armes. Pas une voix de soldat pour murmurer quoi que ce soit. Tous attendaient de voir ce que le roi déciderait. Tous étaient prêts, sur un simple signe de tête du souverain, à se jeter sur le sauvage et à le tuer. Mais Tsongor ne bougeait pas. Tout remontait en son esprit. Vingt années de dégoût de lui-même qui s'étaient accumulées. Vingt années de guerres et de massacres qui le hantaient. Il regardait l'homme qu'il avait devant lui. Avec attention. Avec respect et douceur presque.

"Je suis le roi Tsongor, dit-il. Mes terres n'ont pas de limites. Comparé à mon royaume, le royaume de mes pères était un grain de sable. Je suis le roi Tsongor et j'ai vieilli à cheval. En armes. Cela fait vingt ans que je me bats. Vingt ans que j'asservis des peuples qui ignoraient jusqu'à mon nom. J'ai arpenté la terre entière et j'en ai fait mon jardin. Tu es le dernier ennemi du dernier pays. Je pourrais te tuer et mettre ta tête en haut d'une pique pour que tout le monde sache que je règne, désormais, sur un continent entier. Mais ce n'est pas ce que je vais faire. Le temps des batailles est révolu. Je ne veux plus être un roi de sang. Il me reste à régner sur le royaume que j'ai construit. Et je vais commencer avec toi, Katabolonga. Tu es le dernier ennemi du dernier pays et je te demande d'accepter de rester désormais à mes côtés. Je suis le roi Tsongor et je t'offre d'être le porteur de mon tabouret d'or, partout où j'irai."

Cette fois, une rumeur immense se répandit dans les rangs de l'armée. On répétait les phrases du roi à ceux qui n'avaient pu les entendre. On cherchait à comprendre, mais le sauvage, à nouveau, prit la parole.

"Je suis Katabolonga et je ne reviens pas sur ce que j'ai dit. Mes paroles, je ne les reprends pas. Je te l'ai dit. Je te tuerai."

Le roi se pinça les lèvres. Il n'avait pas peur du sauvage mais il lui semblait qu'il était en train d'échouer. Et sans qu'il sache pourquoi, il avait le sentiment qu'il était impérieux de parvenir à convaincre cet être squelettique. Que sa quiétude en dépendait.

"Je ne te demande pas de reprendre ce que tu as dit, répondit-il. Devant mon armée entière, Katabolonga, voici ce que je te propose. Ma mort t'appartient. Je le dis ici. Elle est à toi. Je te propose d'être le porteur de mon tabouret d'or pour les années à venir. Tu m'accompagneras partout où j'irai. Je te garderai à mes côtés. Tu veilleras sur moi. Le jour où tu voudras reprendre ce qui t'appartient, le jour où tu voudras ta vengeance, je ne me battrai pas. Tu me tueras, Katabolonga, quand tu le voudras. Demain. Dans un an. Le dernier jour de ta vie, lorsque tu seras vieux et fatigué. Je ne me défendrai pas. Et personne ne pourra poser la main sur toi. Personne ne pourra dire de toi que tu es un assassin. Car ma mort t'appartient. Et tu n'auras fait que reprendre ce que je te donne aujourd'hui."

Les soldats restèrent interdits. Personne ne voulait croire à ce qui venait de se dire. Personne ne pouvait croire que le plus vaste des royaumes était désormais dans les mains de ce sauvage qui se tenait, nu et impassible, au milieu d'une foule d'armures et de lances. Katabolonga, lentement, s'avança vers le roi. Jusqu'à être tout près. Il dominait Tsongor de plusieurs têtes. Il ne bougeait pas.

"J'accepte, Tsongor. Je te servirai. Avec respect. Je serai ton ombre. Ton porteur. Le gardien de tes secrets. Je serai partout avec toi. Le plus humble des hommes. Puis je te tuerai. En souvenir de mon pays et de ce que tu as brûlé en moi."

Depuis ce jour, Katabolonga devint le porteur du tabouret d'or du roi. Il le suivit partout. Les années passèrent. Tsongor abandonna sa vie de guerre. Il construisit des villes. Eleva ses enfants. Fit creuser des canaux. Administra ses terres. Son royaume prospéra. D'autres années passèrent. Il se voûta peu à peu. Ses cheveux blanchirent. Il régna sur un royaume immense qu'il arpentait sans cesse pour veiller sur les siens. Avec toujours Katabolonga à ses côtés. Katabolonga qui marchait derrière lui, comme l'ombre du remords. Il était le souvenir voûté de ses années de guerre. En l'entourant de sa présence, il lui rappelait sans cesse ses crimes et le deuil. Et jamais, ainsi, Tsongor ne pouvait oublier ce qu'il avait fait durant ces vingt années de jeunesse. La guerre était là, dans ce grand corps maigre, qui marchait à ses côtés. Sans rien dire. Et qui pouvait à tout moment lui trancher la gorge.

Les deux hommes vieillirent ensemble. Ils devinrent, au fil des ans, l'un pour l'autre, comme deux frères. Le pacte d'autrefois semblait oublié. Ils étaient unis. D'une amitié profonde. Et silencieuse.

"Je sais", avait dit Tsongor. Il n'avait pas compris, et Katabolonga n'avait pas eu la force de lui en dire davantage. Le moment, probablement, n'était pas venu. Le roi Tsongor venait de lui répondre : "Je sais", Katabolonga baissa les yeux et s'effaça doucement comme il le faisait chaque jour. Laissant cette journée commencer. Il était triste. Mais il ne dit plus rien. Et le palais entier se leva à la suite du roi. Tout frémissait d'une agitation crépitante. Il y avait tant de choses à faire. Tant de détails à régler. Le roi mariait sa fille Samilia. C'était le jour des premières cérémonies et les femmes de la suite couraient d'un endroit à un autre, cherchant les derniers bijoux à nettoyer et les derniers tissus à broder.

La ville attendait la venue des ambassadeurs du marié. On parlait de colonnes entières d'hommes et de chevaux qui se succéderaient pour déposer dans la cour des montagnes d'or, de tissus et de pierres précieuses. On parlait d'objets fabuleux dont on ne connaissait pas l'usage mais qui laissaient les mortels sans voix. Samilia n'avait pas de prix. C'est ce que Tsongor avait dit à Kouame, le roi des terres du sel. Et Kouame avait décidé de venir déposer aux pieds de Samilia tout ce qu'il possédait. Il offrait tout. Son royaume. Son nom. Il se présenterait aussi pauvre qu'un esclave. Conscient que l'immensité de ses richesses n'achèterait rien. Conscient que face à cette femme, il était seul et sans apprêt. On parlait d'un royaume entier qui viendrait se déverser dans les rues de la ville. Les richesses de tout un peuple qui s'entasseraient dans la cour du palais. Devant le visage impassible du roi Tsongor.

C'était le jour des présents. Les rues de la ville avaient été nettoyées. Partout sur le parcours que devait emprunter le cortège, on avait tapissé le sol de roses. Des draps tissés d'or avaient été suspendus aux fenêtres. Tous attendaient qu'apparaisse le premier cavalier de l'interminable procession du royaume du sel. Les yeux de toute la cité épiaient la poussière de la plaine du Sud. Chacun voulait être le premier à voir la silhouette lointaine des cavaliers du cortège.

Personne ne vit que des hommes avaient pris place sur les collines du Nord. Que des hommes avaient établi un campement. Et qu'ils faisaient reposer leurs montures. Personne ne vit que des hommes étaient là qui observaient, immobiles, la ville dans ses derniers préparatifs. Ils étaient là. Sur les collines du Nord. Avec l'immobilité du malheur.

La journée, doucement, s'achevait. Les lueurs du soleil devenaient ocre. Les hirondelles dessinaient dans le ciel de grands arcs de cercle et fondaient interminablement sur les places et les fontaines. Tout le monde était silencieux. La grande artère attendait, déserte, que les sabots étrangers viennent la fouler.

C'est à cette heure-là que les guetteurs de la ville virent s'embraser les collines nord de Massaba. D'un seul coup. En même temps. Les crêtes prirent feu. Les habitants furent stupéfaits. Ils n'avaient remarqué aucune agitation durant la journée. Aucun d'eux n'avait vu les bûchers se construire. Tout le monde avait les yeux fixés sur la route et contre toute attente, c'étaient les collines qui s'illuminaient de hautes flammes de fête. Le roi Tsongor et tous les siens s'installèrent sur la terrasse du palais. Ils voulaient jouir du spectacle. Mais rien d'autre ne vint. Rien d'autre que les hirondelles qui continuaient de tourner et la cendre des collines qui flottait dans l'air chaud du soir. Rien d'autre jusqu'à ce que retentissent les aboiements des chiens du gardien de la porte ouest. Le silence était tel dans la ville que chacun put entendre les chiens hurler, des terrasses du palais aux rues les plus étroites. Les chiens de la porte ouest aboyaient. Cela signifiait qu'un étranger se présentait là-bas. A chaque porte de la ville, il y avait un homme, couvert d'amulettes, avec des grelots aux poignets et aux chevilles, une queue de bœuf à la main gauche et, à la main droite, une chaîne qui tenait en laisse douze chiens. C'étaient les gardiens de la meute. Ils devaient chasser les mauvais esprits et les maraudeurs. La meute de la porte ouest aboyait et le roi, la princesse, la cour, la totalité des habitants, tous se demandèrent pourquoi les ambassadeurs entraient par cette porte alors que la porte sud avait été préparée. C'était un contretemps stupide et le roi Tsongor, nerveux, se leva de son siège. Irrité. Impatient. Sa terrasse dominait l'ensemble de la ville. La grande artère était à ses pieds. Il fixait des yeux l'avenue. Attendant de voir s'approcher le cortège des présents. Mais ce n'est pas un cortège qu'il aperçut. Au centre de l'avenue, un homme avançait, seul, au pas lent et régulier d'un grand chameau orné de mille couleurs. La bête et son cavalier tanguaient au rythme d'un navire sur la houle. Il approchait avec la nonchalance molle et digne des caravanes du désert. Au lieu du cortège, c'était un homme seul qui entrait dans les rues de Massaba. Le roi attendait. Commençant, malgré lui, à redouter quelque chose d'indistinct. Les choses, lui semblait-il, n'allaient pas comme elles le devaient. Le cavalier, arrivé aux portes du palais, demanda audience au roi Tsongor. Et au roi seul. Cela encore surprit tout le monde car l'usage était d'offrir les présents aux yeux de tous. Devant la future épouse et sa famille assemblée. Mais encore une fois le roi se plia à cette exigence inattendue. Et accompagné seulement de Katabolonga, il s'installa dans la salle du trône.

L'homme qui se présenta à lui était grand. Habillé de tissus précieux mais aux couleurs sombres. Il portait plus d'amulettes que de bijoux. Pas de bagues ni de collier mais plusieurs petits coffrets d'acajou qui pendaient à son cou et contenaient des porte-bonheur. Il était voilé, mais lorsqu'il entra dans la salle, avec déférence, il posa immédiatement un genou à terre et, la tête baissée en signe de respect, défit son voile pour ne pas dissimuler plus longtemps son visage. Le roi Tsongor eut un sentiment étrange à la vue des traits du voyageur. Il y avait en lui quelque chose de familier. L'inconnu leva les yeux sur Tsongor. Et sourit. Avec un sourire doux d'ami. Il garda le silence encore un temps comme pour laisser son interlocuteur s'habituer à sa présence, puis il parla.

"Roi Tsongor, que tes ancêtres soient bénis et que ton front connaisse le doux baiser des dieux. Je vois que tu ne me reconnais pas. Et je ne m'en étonne pas. Le temps, sur mes traits, a fait son ouvrage. Il a creusé des rides à mes joues. Permets-moi de te dire qui je suis et de venir baiser ta main. Je suis Sango Kerim et le temps, du moins, n'a pas pu te faire oublier mon nom."

Le roi Tsongor se leva d'un bond. Il n'en revenait pas. Il avait devant lui Sango Kerim. La joie monta en lui et le submergea tout entier. Il se précipita sur son hôte et le prit dans ses bras. Sango Kerim. Comment avait-il pu ne pas le reconnaître ? C'était un enfant lorsqu'il était parti. Et c'était un homme qui se tenait maintenant devant lui. Sango Kerim. Que le roi avait toujours choyé comme son cinquième fils. Le compagnon de jeu de ses enfants, élevé avec eux, jusqu'à l'âge de quinze ans. A cet âge-là, Sango avait demandé au roi de le laisser partir. Il voulait parcourir le monde, devenir ce qu'il devait. Le roi Tsongor l'avait laissé faire, à regret. Puis les années passèrent et ne le voyant pas revenir, ils l'oublièrent. Sango Kerim. Il était là. Devant lui. Elégant. Fier. Un véritable prince nomade.

"Quelle joie pour moi, Sango, de te voir aujourd'hui, dit le roi Tsongor. Laisse-moi te contempler et te serrer contre moi. Tu as l'air robuste. Quelle joie. Sais-tu que Samilia se marie demain ?

— Je le sais, Tsongor, répondit le nomade.

— Et c'est pour cela que tu reviens, n'est-ce pas ? En ce jour, précisément. Pour être des nôtres.

— C'est pour Samilia, oui."

Sango Kerim avait répondu sèchement. Il fit un pas en arrière et se tint tout droit. Regardant dans les yeux le roi Tsongor. Il retrouvait le visage de ce vieil homme qu'il aimait. L'émotion le gagnait mais il cherchait à se contrôler. Il devait rester ferme et dire ce qu'il était venu dire. Le roi Tsongor comprit que quelque chose n'allait pas. Il sentit, à nouveau, que cette journée serait longue et un frisson le parcourut.

"Je voudrais avoir le temps, Tsongor, de m'abandonner à la joie d'être à nouveau en ton palais. Je voudrais avoir le temps de redécouvrir avec bonheur le visage de tous ceux d'autrefois. Ceux qui m'ont élevé. Ceux avec qui j'ai joué. Le temps a passé sur nous tous et je voudrais pouvoir, un à un, les redécouvrir du bout des doigts. Manger avec vous. Comme nous le faisions autrefois. Parcourir la ville. Car elle aussi a changé. Mais je ne suis pas venu pour cela. Je suis heureux que tu te souviennes de moi et que tu t'en souviennes avec joie. Oui, c'est pour Samilia que je suis revenu. Comme c'est pour elle que j'étais parti. Je voulais apprendre le monde. Accumuler richesses et sagesse. Je voulais être digne de ta fille. Aujourd'hui je reviens car j'ai fini mon errance. Je reviens car elle est à moi."

Le roi Tsongor resta incrédule. Il eut presque envie de rire.

"Mais Sango… tu n'as pas compris… Samilia… se marie demain… Tu as vu… les rues dans la ville… Tu as vu… partout autour de toi… C'est le jour des présents. Demain elle sera la femme de Kouame, le roi des terres du sel. Je suis désolé, Sango. Je ne savais pas. Que tu… Enfin, je veux dire que tu avais de tels sentiments… Ainsi… je… tu sais que je t'aime comme un fils… Mais cela… non… vraiment…

— Je ne parle pas de mes sentiments, Tsongor. Car en un jour pareil, il n'est plus temps de parler de sentiment. Je parle de promesse. De parole donnée.

— Que dis-tu, Sango ?

— Je dis que je connais Samilia depuis l'enfance. Que nous avons joué ensemble. Que je l'ai aimée. Je suis parti pour elle. Je reviens pour elle. Nous avons fait un serment. Un serment qui nous lie l'un à l'autre. Un serment que j'ai tenu contre moi durant ces années d'errance."

Sango Kerim ouvrit une de ses amulettes et en sortit un vieux papier qu'il déplia et tendit au roi. Tsongor le lut. Impassible.

"Ce ne sont que des serments d'enfants. Des choses dites, Sango, dans la vie d'autrefois.

— Ta fille a promis, Tsongor. Et je suis revenu à temps pour la rappeler à son serment. Feras-tu de ta fille une parjure ?"

Le roi se leva. La colère monta en lui. Il en voulait à Sango Kerim de se tenir ainsi devant lui. De lui dire ce qu'il lui disait. D'exiger ce qu'il exigeait. Il en voulait à cette journée qui ne se passait pas comme elle aurait dû.

"Que veux-tu de moi, Sango ? demanda-t-il sèchement.

— Ta fille.

— Elle se marie demain. Je te l'ai dit.

— Elle se marie demain. Mais avec moi."

Le roi Tsongor resta debout. Il contemplait le jeune homme.

"Tu es venu de loin, Sango Kerim, dit-il, pour m'apporter, en ce jour de bonheur, le souci et la colère. Soit. Je te demande de m'accorder une nuit de réflexion. Je te donnerai demain, aux premières heures du jour, ma réponse. Demain, vous saurez tous avec qui se marie ma fille. Et celui qui n'aura pas été choisi n'aura plus qu'à disparaître ou à pleurer face à ma colère."

Sango Kerim était reparti. Les feux des collines nord continuaient de brûler. Ils semblaient vouloir ne plus jamais s'éteindre. C'était comme des torches immenses qui dansaient dans la lumière douce de la fin d'après-midi. Le roi Tsongor les contemplait. Le visage fermé. Il avait cru d'abord que c'étaient les ambassadeurs de Kouame qui avaient pris position sur les hauteurs avant de faire leur entrée dans la ville. Puis, lorsque Sango Kerim s'était présenté devant lui, il avait pensé, avec plaisir, que lui aussi apportait à sa fille des présents flamboyants. Il savait maintenant ce que ces torches signifiaient. Il savait que sur chacune de ces collines, une armée avait établi son campement et attendait sa réponse. Et ces hautes flammes qui dansaient, au loin, dans l'air chaud du soir, lui disaient le malheur prêt à fondre sur lui et Massaba. Elles lui disaient : "Regarde, Tsongor, comme nous montons haut dans le ciel. Regarde comme nous dévorons la cime des collines de ton royaume et pense que nous pouvons dévorer ainsi ta cité et ta joie. N'oublie pas le feu des collines. N'oublie pas que ton royaume peut brûler comme un vulgaire bout de bois."

Lorsque Samilia se présenta, elle n'eut pas à lui demander pourquoi il l'avait fait venir, elle sut d'emblée, en contemplant son vieux front plissé, que quelque chose de grave venait d'advenir. Elle l'observa et comme il continuait à contempler le vol des hirondelles et les hautes flammes à l'horizon, elle lui dit, d'une voix grave :

"Je t'écoute, père."

Le roi Tsongor se retourna. Il observa sa fille. Tout ce qu'il avait entrepris ces derniers mois, il l'avait fait pour les noces de Samilia. Ce jour était devenu son obsession de père et de roi. Que tout soit prêt. Que la fête soit la plus belle que l'empire ait jamais connue. Il n'avait travaillé qu'à cela. Donner à sa fille un homme et unir pour la première fois son empire à un autre autrement que par la guerre et la conquête. Il avait pensé lui-même chaque détail de la fête. Il avait veillé des nuits entières. Aujourd'hui était venu le jour et un événement imprévisible faisait tout vaciller. Il observa sa fille. Ce qu'il avait à dire, il n'avait pas envie de le dire. Ce qu'il voulait demander, il aurait aimé ne pas avoir à le demander. Mais les flammes brûlaient et il ne pouvait se soustraire à leur appétit.

"J'ai reçu la visite de Sango Kerim, dit-il.

— Les femmes de ma suite me l'ont appris, père."

Samilia observait son père. Elle lisait sur son visage un tourment qu'elle ne comprenait pas. Tsongor avait choisi Kouame et elle l'avait accepté. Il lui avait parlé avec douceur et sympathie du jeune prince des terres du sel et elle s'était offerte à cette union avec joie. Elle ne comprenait pas ce qui, à cette heure, pouvait obscurcir ainsi le visage de son père. Tout était prêt. Il ne restait plus qu'à célébrer le mariage et jouir de cette fête.

"Son arrivée aurait dû me combler de joie, Samilia…", reprit Tsongor.

Le roi ne finit pas sa phrase. Un long silence suivit. Il était à nouveau plongé dans la contemplation des volutes que les hirondelles dessinaient dans le ciel. Puis d'un coup, il se reprit. Ses yeux tombèrent à nouveau sur sa fille. Et il lui demanda d'une voix cassée :

"Est-il vrai, Samilia, qu'à l'époque où vous étiez amis, toi et Sango Kerim, vous avez échangé une promesse ?"

Samilia ne répondit rien. Elle cherchait dans sa mémoire quelque chose qui pouvait ressembler à ce que son père demandait.

"Est-il vrai, reprit Tsongor, que tu lui as donné ta parole, comme il te donna la sienne, de l'épouser plus tard ? Avez-vous gravé ces serments d'enfants sur une amulette ?"

Samilia réfléchit un temps.

"Oui, je me souviens, pensa-t-elle. Je me souviens de Sango Kerim et de notre vie d'enfants. De nos secrets échangés, de nos promesses. Est-ce de cela qu'il veut me parler ? Pourquoi me regarde-t-il ainsi ? Je me souviens. Oui. Je ne suis coupable de rien. Pourquoi me regarde-t-il ainsi ? Les promesses du temps passé, je les enterre aujourd'hui. Sango Kerim lui-même viendra me donner sa bénédiction. Je me souviens. Je n'ai rien oublié. Je ne rougis de rien. Qu'est-ce que tout cela a à voir avec la femme que je suis aujourd'hui ? Je m'offre à Kouame. Pleine de souvenirs. Oui. De beaux souvenirs d'enfant. Et je ne rougis de rien." Elle pensait à tout cela, mais elle répondit simplement :

"Oui, père, c'est vrai."

Elle s'imaginait qu'il allait lui demander plus de précisions. Qu'elle pourrait s'expliquer. Mais le visage de Tsongor se ferma. Il ne posa aucune autre question. A cet instant, un long chant plaintif résonna au loin. Le son de centaines de cornes de zébu s'éleva de la plaine. C'était l'immense cortège des ambassadeurs de Kouame qui annonçait sa venue. Deux cent cinquante cavaliers en habits d'or soufflaient dans leur corne pour que la porte de Massaba s'ouvre et laisse entrer la longue colonne des présents.

Le roi Tsongor n'ajouta pas un mot. Il laissa Samilia, ordonna que l'on ouvre la porte et descendit en hâte pour recevoir les ambassadeurs.

La lente procession des cavaliers de Kouame commença dans les rues de Massaba. Elle dura plusieurs heures. A chaque place, à chaque carrefour, les cavaliers se figeaient et entonnaient un nouvel hymne en l'honneur de la cité et de ses habitants, en l'honneur de la future mariée, de son père et de ses aïeux. Le roi Tsongor, ses quatre fils, Samilia, sa suite de femmes et l'ensemble de la cour attendaient dans la vaste salle des ambassadeurs. Ils ne voyaient rien, mais ils entendaient, au loin, le chant des cornes de zébu qui se rapprochait. Personne ne bougeait. Le roi était sur son trône. Il regardait droit devant lui. On aurait dit une statue. Immobile. Malgré la chaleur. Malgré les mouches qui tournaient autour de lui. Immobile. Happé par ses pensées. Samilia, sous ses voiles, se remémorait l'entretien qu'elle venait d'avoir avec son père, les mâchoires serrées.

La cérémonie des présents commença et elle dura plus de quatre heures. Quatre heures où les dix ambassadeurs ouvrirent des coffrets, déposèrent aux pieds du clan royal des bijoux, déplièrent des tissus, présentèrent des armes, offrirent des enseignes aux couleurs des terres concédées à la mariée. Quatre heures de pièces d'or, d'essences

34

rares, d'animaux exotiques. Pour le roi Tsongor, ce fut un supplice. Il voulait demander aux ambassadeurs de repartir. De quitter la ville. D'emporter avec eux leurs coffrets et leurs malles et d'attendre sous les remparts qu'il ait pris sa décision. Mais il ne pouvait rien. Il était trop tard. Il ne pouvait que contempler les trésors qui se déversaient à ses pieds et hocher la tête. Sans joie. Sans surprise. Il concentrait toutes ses forces dans les muscles de son visage. Pour sourire parfois. Mais il n'y parvenait qu'à peine. Cela lui semblait interminable. Les quatre frères de Samilia auraient aimé exprimer leur bonheur et leur étonnement devant certains objets étranges. Ils auraient aimé descendre de leur siège. Toucher les étoffes. Jouer avec les singes savants. Compter les perles dans les coffrets. Passer la main dans les sacs d'épices. Ils auraient aimé rire et étreindre de joie ce trésor. Mais ils voyaient leur père, impassible sur son trône, et ils comprenaient qu'ils se devaient de montrer la même impassibilité. Peut-être, après tout, ces trésors étaient-ils insuffisants et peut-être y aurait-il de la bassesse à exprimer quelque joie à les recevoir. Et les ambassadeurs continuaient, inlassablement, leur présentation, devant le silence imperturbable du clan Tsongor.

Enfin, après quatre heures de cérémonie, le dernier coffret fut ouvert. Il contenait un collier de lapis-lazulis. Bleu comme les murs du palais du prince Kouame. Bleu comme les yeux de toute sa lignée. Et bleu, disait-on, comme le sang qui coulait dans ses veines. Les dix ambassadeurs s'agenouillèrent. Et le plus vieux d'entre eux déclara :

"Roi Tsongor, ces trésors sont à toi. Mais notre roi, le prince Kouame, conscient que cela est dérisoire face à la beauté de ta fille, t'offre aussi son royaume et son sang."

Et ayant dit cela, il versa sur les dalles immenses de la salle du trône un peu de terre du royaume de Kouame et un peu de sang du prince qui coula doucement d'une fiole d'or sur le sol, avec un bruit doux de fontaine.

Le roi Tsongor se leva. Il ne répondit rien, contrairement à ce qu'exigeait la coutume. D'un signe de la tête il salua respectueusement les ambassadeurs, les invita à se relever et disparut. Aucun autre mot ne fut échangé. Le roi Tsongor étouffait dans sa tunique d'or et de soie.

Alors commença la grande nuit blanche du roi Tsongor. Il se retrancha dans ses appartements et demanda que nul ne vienne le déranger. Seul Katabolonga était là. A ses côtés. Il ne disait rien. Il était assis dans un coin et ne quittait pas des yeux son maître. Il n'y avait que Katabolonga. Et le vieux roi était heureux de cette présence.

"Katabolonga, dit-il à son ami, partout où je me tourne, je ne vois que la guerre. Cette journée devait être celle de la joie partagée. Je ne devais connaître que la douce amertume de voir partir ma fille. Mais ce soir, je sens le souffle violent de la guerre dans mon dos. Elle est là, oui. Je la sens qui fond sur moi et je ne sais pas trouver le moyen de la chasser. Si je donne ma fille à Sango Kerim, la colère de Kouame sera immense. Et il aura raison. Je l'aurai insulté en lui promettant ce que je cède à un autre. Qui pourrait supporter une telle offense ? Venir ici. Avec toutes ses richesses. Offrir son sang. Sa terre. Et se voir cracher au visage. Il lèvera son royaume contre le mien. Il n'aura de cesse qu'il ne me détruise. Si je donne ma fille à Kouame sans me soucier de Sango Kerim, qui sait ce qui adviendra ? Je connais Sango Kerim. Il n'est roi d'aucun pays. Mais s'il est venu à moi, s'il a osé réclamer ma fille comme on réclame son dû, c'est qu'il a derrière lui suffisamment d'hommes et d'alliés

pour faire trembler les tours de Massaba. Partout
où je me tourne, Katabolonga, je ne vois que la
guerre. Quel que soit le choix que je fasse, je brise
un serment. Quel que soit l'offensé, il aura raison
dans sa rage et cela le rendra puissant et infatigable.
Je dois réfléchir. Il y a sûrement une solution. Je
suis Tsongor. Je trouverai. Quelle peine… J'allais
marier ma fille. Il ne me restait plus que cela à
faire : confier ma fille à la vie et laisser couler le
reste de mes jours hors de moi. Paisiblement. Je
suis vieux, Katabolonga. Aussi vieux que toi. J'ai
survécu aux batailles. Les marches forcées, les
campagnes les plus dures. La faim et la fatigue. Rien
de tout cela n'est venu à bout de moi. Je suis
Tsongor. Et j'ai su enterrer la guerre. Tu te souviens.
Ce jour-là, tu étais nu, au milieu de mon armée.
Tu étais là. Tu ne disais rien. J'aurais pu te rire au
visage ou demander qu'on te tue sur-le-champ. Mais
j'entendais ta voix. J'entendais le chant immense
des morts qui me murmuraient à l'oreille : «Qu'as-
tu fait, Tsongor ? Qu'as-tu fait jusque-là ?» Les milliers de cadavres de mes campagnes, abandonnés
aux charognards sur des routes ensablées, me le
demandaient. La bouche déformée de mes ennemis
entassés sur les champs de bataille me le demandait. «Qu'as-tu fait, Tsongor ?» Je t'écoutais et n'entendais plus que cela. J'avais honte. J'aurais pu me
mettre à genoux devant toi. Tu ne disais rien. Tu
restais là. Les yeux rivés sur moi. Je t'ai entendu.
En te tendant la main, j'ai enterré la guerre et je
me suis dit adieu. Avec bonheur et soulagement. Tu
étais celui que j'attendais, Katabolonga. J'ai enterré
en ce jour Tsongor et ses conquêtes. J'ai enterré mes
trésors de rapine et mes souvenirs de batailles. Le
roi guerrier, je l'ai laissé là-bas. Dans ce campement
immense du bout du monde. Je ne me suis jamais
retourné sur lui. Je suis resté sourd à sa voix. J'avais
une vie à construire. Avec ta présence attentive à

mes côtés. Je n'ai pas la force d'autres combats. Je n'exhumerai pas le roi guerrier d'autrefois. Qu'il reste là où je l'ai laissé. Et qu'il pourrisse sur le champ de ses dernières victoires. Je n'ai pas peur, Katabolonga. Qui peut croire cela ? Je pourrais, si je le voulais, vaincre Kouame et Sango Kerim à la fois. Je le pourrais, si j'y mettais tout mon art et mon désir. Je n'ai pas peur. Non. Mais je ne veux pas.

— Je sais, Tsongor.

— Que dois-je faire, Katabolonga ?

— C'est pour aujourd'hui, mon ami.

— Pour aujourd'hui ?

— Oui.

— Tu me l'as dit ce matin.

— Je te l'ai dit dès que je l'ai senti.

— Ce matin déjà. Oui. Je me souviens. Je n'ai pas compris tes paroles. Je croyais. Oui. Je croyais que tu parlais du mariage de Samilia. Mais ce n'était pas cela. Non. Tu avais un regard triste. Tu savais déjà. Oui. C'est cela. Tu savais tout cela. Bien avant moi. C'est pour aujourd'hui, dis-tu. Oui. Tu as raison. Il n'y a rien d'autre à faire. C'est bien. Ni la guerre. Ni les batailles d'autrefois. Juste cette nuit immense sur moi. Et le vol nerveux des chauves-souris. Rien d'autre. Ta main sur moi. Pour tirer sur mes yeux le grand drap de la vie. Oui. Je t'entends, Katabolonga. Je t'entends, mon ami. Tu veilles sur moi. Que tes lèvres soient bénies, tes lèvres qui disent ce qui sera."

Au milieu de la nuit, le roi Tsongor sortit sur la terrasse. Cette fois encore, Katabolonga le suivit. Comme une ombre discrète et dangereuse. Il observa le ciel et les sept collines de Massaba. Les feux de Sango Kerim brûlaient encore au loin. Il huma l'air chaud de cette nuit d'été. Il resta ainsi une heure sans dire un mot à son porteur. Puis il demanda qu'on fasse venir son plus jeune fils, Souba.

Souba fut tiré du lit par Katabolonga, mais il ne posa aucune question. Il découvrit son père sur la terrasse. Le visage agité. Les traits tirés. Ils étaient tous les trois seuls dans la nuit profonde de Massaba.

"Ne pose aucune question, mon fils, dit le vieux Tsongor. Ecoute simplement ce que je dis et accepte ce que je demande. Il n'est pas temps pour moi d'expliquer quoi que ce soit. Je suis le roi Tsongor et j'ai sur mes joues et au creux de mes mains autant d'années que tu as de cheveux. La vie pèse de tout son poids sur moi. Il viendra bientôt un jour où mon corps sera trop vieux pour la porter. Je me courberai. Je m'agenouillerai. Et je la déposerai à terre, devant moi. Sans amertume. Car elle fut riche pour moi. Ne parle pas. Ne dis rien. Je sais ce que tu penses. Je dis que ce jour viendra. Ecoute-moi. Je te demande une seule chose, mon fils. Lorsque ce jour arrivera, ta mission commencera. Ne pleure pas avec les pleureuses. Ne prends pas part aux discussions qui agiteront tes frères sur le partage du royaume. N'écoute pas les rumeurs du palais et le brouhaha de Massaba. Souviens-toi simplement de mes paroles, souviens-toi de cette nuit sur la terrasse et fais ce que tu dois. Coupe tes cheveux. Mets une longue tunique noire et quitte les bijoux que tu portes à chaque bras. Je te demande de partir. De quitter la ville et notre famille. Je te demande de t'acquitter de ta mission, même si cela doit prendre vingt ou trente ans de ta vie. Construis sept tombeaux. Par le monde. En des endroits reculés que personne ne peut atteindre. Fais-les construire par les architectes les plus brillants du royaume. Sept tombeaux secrets et somptueux. Que chacun d'entre eux soit un monument à ce que je fus pour toi. Mets-y toute ta force. Toute ton ingéniosité. Choisis bien les terres où tu les construiras. Au milieu d'un désert. Sur les bords d'un fleuve. Sous terre, si tu peux. Fais comme tu voudras. Sept tombeaux de roi. Plus somptueux que le palais de Massaba. N'épargne ni ta peine ni mes trésors. Lorsque tu auras fini cet ouvrage, les années auront passé. Tu seras peut-être plus courbé que moi à l'heure où je te parle. Que cela ne t'arrête pas. Que rien ne te fasse oublier ta promesse. La promesse à un père mort. La promesse à un roi qui se met à genoux devant toi. N'écoute personne. Fais taire les voix de la révolte en toi. Et achève ce que tu dois. Lorsque les sept tombeaux seront construits, de par mon royaume, reviens à Massaba. Fais ouvrir mon tombeau royal et prends mon cadavre avec toi. Tes frères, en ton absence, m'auront embaumé. J'aurai le visage creusé des momies qui sourient dans l'effroi. Je n'aurai pas bougé. Je t'attendrai. Là. A Massaba. Prends-moi avec toi. Fais charger mon sarcophage sur une bête et pars, en convoi, pour le dernier voyage de ta promesse. Choisis un des sept tombeaux. Et déposes-y mon cadavre. Tu seras le seul à savoir où je repose. Le seul. Sept tombeaux et un seul où j'habiterai, pour l'éternité de ma nuit. Lorsque tu auras fait cela, et avant de repartir et de vivre la vie que tu dois, penche-toi sur mon oreille de mort et murmure-moi ces paroles : «C'est moi, mon père. C'est Souba. Je vis. Je suis près de toi. Repose en paix. Tout est accompli.» Alors seulement tu te seras acquitté de ta promesse. Alors seulement on pourra dire que Tsongor est enterré. Je t'aurai attendu toutes ces années pour mourir. Et alors seulement, tu pourras quitter ta tunique de deuil, remettre tes bijoux et prendre à nouveau la vie dans tes bras."

La nuit était noire. Ni Katabolonga ni Souba ne bougeait. Le jeune prince était abasourdi. Il regardait son père sans comprendre. Incapable de répondre.

Concentré, tout entier, dans l'écoute de cette voix. Le roi Tsongor reprit :

"Tu m'écoutes. Je le vois. Tu ne réponds rien. C'est bien. Souviens-toi de chacune de mes paroles. Et maintenant, Souba, jure-moi que tu feras ce que je demande. Jure-le. Devant Katabolonga. Et que la nuit, seule, enveloppe notre secret. Jure. Et ne dis plus jamais un mot à personne de cela.

— Je le jure, père.

— Dis-le encore une fois. Que le sommeil de Massaba t'entende. Que la terre de tes aïeux le sente. Que les chauves-souris l'apprennent. Jure. Et n'y reviens pas.

— Je le jure. Je le jure, devant toi."

Le roi Tsongor fit se lever son fils. Il le prit dans ses bras. Des larmes coulaient sur ses joues. "Merci, mon fils, et maintenant, va." Souba disparut. Et les deux hommes, à nouveau, restèrent seuls, sur la terrasse infinie de cette nuit d'été.

"Est-ce que je dois faire venir Samilia ?" demanda Katabolonga.

Le roi réfléchit un temps, puis fit non de la tête à son porteur. Il n'avait pas la force d'un nouvel entretien. La nuit allait bientôt finir et il voulait garder pour lui ces derniers instants.

"Avoir construit tout cela, murmura-t-il, et devoir tout quitter avant d'en jouir. Est-ce que je pourrai dire au moment de fermer les yeux, est-ce que je pourrai dire que j'ai été heureux ? Malgré tout ce qui m'est enlevé ? Et ceux que je laisse, que penseront-ils de moi ? Samilia me maudira peut-être demain. Elle poussera de longs hurlements dans le palais. En crachant sur mon nom. En crachant sur ce que je lui laisse en dot. Elle n'aura plus rien qu'un peu de terre à serrer dans ses poings. Les présents auront disparu. Il ne restera rien. Ses bijoux, sa robe, ses voiles de mariée, elle pourra les brûler sur ma tombe. Elle me maudira. Oui. Sauf si je parviens à obtenir ce qui de mon vivant m'est refusé. Je sais sentir une guerre qui approche. J'ai appris cela. Elle est là, tout autour de moi. Tu la sens aussi, Katabolonga, n'est-ce pas ?

— Oui, Tsongor. Elle est là. Elle attend le matin pour se ruer du haut des collines, sur Massaba. Elle est là. N'en doute pas."

Il sembla que le roi Tsongor n'avait pas entendu la voix de son ami tant il était absorbé.

"Ecoute bien, Katabolonga, reprit le roi. Demain je serai mort. Je sais ce qu'il se passera. On ordonnera le deuil. Tout s'arrêtera. Un voile de silence épais tombera sur ma ville. Ceux que j'aime changeront de visage. Ils se réuniront sur mon tombeau. Mes fils. Mes compagnons. Mes fidèles. Les hommes et les femmes de Massaba. Une foule endeuillée se pressera aux portes du palais. Les pleureuses se grifferont le visage. Je sais tout cela. Ils seront tous là. Kouame et Sango Kerim viendront aussi. Il ne peut en être autrement. Le prince Kouame viendra apporter à Samilia ses condoléances. Il viendra surtout pour voir enfin le visage qu'elle a. Et Sango Kerim aussi sera là. Parce que ma mort l'aura attristé. Et parce qu'il ne voudra pas abandonner le terrain à son rival. Je sais tout cela. Ils seront là. Au pied de mon cadavre. Pleurant. Se lamentant sur ma mort. Et s'épiant les uns les autres. Il me semble déjà les sentir. Je sais. Je ne leur en veux pas. Je ferais probablement comme eux si j'étais à leur place. Je viendrais moi aussi pleurer le père pour prendre la fille. C'est pour cela que je veux que tu leur parles, Katabolonga. Tu es le seul à pouvoir le faire.

— Que dois-je leur dire, Tsongor ? demanda le serviteur.

— Dis-leur que je suis mort parce que je n'ai pas voulu choisir entre eux. Dis-leur que ce mariage est maudit parce qu'il a fait couler mon sang et qu'il faut y renoncer. Que Samilia reste vierge encore un temps. Puis qu'elle se marie avec un troisième homme. Un homme humble de Massaba. Quelqu'un qui n'est à la tête d'aucune armée. Dis-leur que j'aurais voulu qu'il en soit autrement. Mais rien de ce que nous avons prévu ne se réalise. Dis-le-leur bien. Je n'offense personne. C'est la vie qui se joue de nous. Il faut abdiquer. Qu'ils repartent l'un et l'autre d'où ils viennent et choisissent une autre vie à mener.

— Je leur dirai, Tsongor, répondit Katabolonga. Et j'essaierai de trouver les mots. Je leur dirai que ces mots, je les tiens de toi."

Katabolonga se tut. Il laissa le silence, à nouveau, s'emparer de la nuit. Il n'avait pas envie d'ajouter ce qu'il avait à dire. Mais il le fit malgré tout. D'une voix basse et triste.

"Je leur dirai, Tsongor, répéta-t-il, mais cela ne suffira pas.

— Je sais, Katabolonga, dit Tsongor, mais il faut essayer." Il y eut à nouveau un long silence. Puis le roi Tsongor parla à nouveau.

"Il y a encore une chose. Prends ceci, Katabolonga."

Dans la nuit touffue de Massaba, il lui tendit un petit objet que le vieux serviteur recueillit au fond de sa main avec attention. C'était une vieille pièce de cuivre rouillée. Les contours en étaient polis par l'usure. On distinguait à peine les inscriptions dont elle avait été frappée.

"C'est une vieille pièce de monnaie que j'ai gardée sur moi toute ma vie. La seule chose qu'il me reste de l'empire de mon père. La seule chose que j'ai emportée avec moi lorsque j'ai levé ma première armée. C'est cette pièce-là qui paiera mon passage dans l'au-delà, comme il se doit. Je n'en veux pas d'autre. C'est cette pièce-là que tu me glisseras dans la bouche et que je tiendrai serrée entre mes dents de mort lorsque je me présenterai aux dieux d'en bas.

— Ils te laisseront passer avec respect, Tsongor. En voyant le roi du plus grand empire se présenter à eux avec cette seule pièce, ils comprendront ce que tu fus.

— Ecoute bien, Katabolonga, poursuivit Tsongor, écoute bien car je n'ai pas encore fini. Cette pièce, il est d'usage de la donner au mort à l'instant où commencent les funérailles pour qu'il rejoigne au plus vite l'au-delà. Ce n'est pas ce que je veux. Pas tout de suite. Garde-la sur toi. Et veille à ce qu'aucun de mes fils n'y substitue une autre pièce. Je serai mort demain. Tu possèdes la seule pièce qui puisse payer mon passage et je te demande de la garder sur toi.

— Pourquoi ? demanda Katabolonga qui ne comprenait pas ce que voulait le roi.

— Tu la conserveras jusqu'au jour où Souba reviendra. Ce n'est que lorsqu'il reviendra à Massaba que tu pourras offrir à mon cadavre le prix du passage.

— Tu sais ce que cela veut dire, Tsongor ? demanda Katabolonga.

— Je sais, répondit simplement le roi.

— Tu erreras des années entières, sans repos, reprit Katabolonga. Des années entières condamné au tourment.

— Je sais, répéta Tsongor. Je serai mort demain. Mais je veux attendre le retour de Souba pour mourir tout à fait. D'ici là, que je sois une ombre agitée. J'entendrai encore les rumeurs du monde des hommes. Je serai un esprit sans tombeau. C'est ce que je veux. Toi seul auras la pièce capable de m'apaiser. J'attendrai ce qu'il faudra. Il ne doit pas y avoir de repos pour Tsongor tant que tout ne sera pas achevé.

— Je ferai selon ta volonté, dit Katabolonga.

— Jure-le, demanda le roi.

— Je le jure, Tsongor. Par ces dizaines d'années qui nous unissent toi et moi."

Un temps infini s'écoula. Aucun des deux hommes ne voulait plus parler. La nuit les enveloppait. Puis, enfin, le roi Tsongor prit la parole. Comme à regret.

"Allons, Katabolonga, il n'est plus temps de parler. Le soleil va se lever. Il faut finir. Viens.

Approche-toi. Que ta main ne tremble pas. Reprends ce qui est à toi."

Katabolonga s'approcha du vieux Tsongor. Il s'était déplié de toute sa taille. Son vieux corps décharné était une araignée dangereuse. Il avait dégainé un poignard qu'il tenait bien droit. Il s'approcha tout près du roi Tsongor. Jusqu'à le toucher presque. Chacun pouvait sentir le souffle de l'autre sur sa peau. Le roi Tsongor attendait. Mais rien ne venait. Katabolonga avait baissé sa main. Il pleurait comme un enfant et parlait tout bas.

"Je ne peux pas, Tsongor. De toute ma force, je ne peux pas."

Le roi contempla le visage de son ami. Il n'aurait jamais pensé que celui-ci puisse pleurer.

"Souviens-toi de notre serment, mon ami, dit le vieux Tsongor. Tu ne fais que reprendre ce que je te dois. Souviens-toi de ta femme. De tes frères. De ces terres que j'ai brûlées et piétinées de mes pas. Je ne mérite pas tes pleurs. Souffle sur ta colère d'autrefois. Elle est là. Il est temps qu'elle t'embrase à nouveau. Souviens-toi de ce que j'ai pris. De ce que j'ai détruit. Nous sommes deux au milieu d'un campement immense de guerriers arrogants. Je suis là. Devant toi. Petit et laid comme un roi criminel. Je ris à tes paroles. Je ris sur ton peuple meurtri et tes villages détruits. Tu as un couteau au bout du bras. Tu es Katabolonga. Personne ne peut se rire de toi sans perdre la vie. Tu tiens ta vengeance. Devant mon armée tout entière. Allons, Katabolonga, il est temps de faire sourire tes morts et de laver les offenses d'autrefois."

Katabolonga dominait le roi de toute sa taille. Le visage fermé, les mâchoires serrées, il pleurait.

"Mes morts, Tsongor, je ne m'en souviens pas, dit-il. Aussi loin que remonte ma mémoire, je ne me souviens que de toi. De ces dizaines d'années où je t'ai servi. De ces milliers de repas où j'ai mangé derrière toi. Le Katabolonga de la vengeance, je l'ai enterré. Il est resté là-bas. Avec le roi guerrier que tu étais autrefois. Dans cette terre brûlée qui n'a pas de nom. Ils se font face. A deux pas l'un de l'autre. Je ne suis plus cet homme-là. Je te regarde. Je suis ton vieux porteur de tabouret. Rien d'autre. Ne me demande pas cela. Je ne peux pas."

Il laissa tomber le poignard à ses pieds. Il se tenait là, les bras ballants, incapable de rien faire. Le roi Tsongor aurait voulu étreindre son vieil ami, mais il ne le fit pas. Il se baissa, rapidement, prit le couteau et, sans que Katabolonga ait le temps de comprendre, il s'entailla les veines de deux gestes coupants. Des poignets du roi coulait un sang sombre qui se mêlait à la nuit. La voix du roi Tsongor retentit à nouveau. Calme et douce.

"Voilà. Je meurs. Tu vois. Cela mettra un peu de temps. Le sang s'écoulera hors de moi. Je resterai ici jusqu'à la fin. Je meurs. Tu n'as rien fait. Maintenant, je te demande un service." Tandis qu'il parlait, son sang continuait à se répandre. Une flaque, déjà, coulait à ses pieds. "Le jour va se lever. Regarde. Il ne tardera pas. La lumière paraîtra sur la cime des collines avant que je sois mort. Car il faut du temps pour que mon sang coule hors de moi. Des gens accourront. On se précipitera sur moi. J'entendrai, dans mon agonie, les cris de mes proches et le vacarme lointain des armées impatientes. Je ne veux pas cela. La nuit va finir. Et je ne veux pas aller au-delà. Mais le sang coule lentement. Tu es le seul, Katabolonga. Le seul à pouvoir faire cela. Il ne s'agit plus de me tuer. Je l'ai fait pour toi. Il s'agit de m'épargner ce nouveau jour qui se lève et dont je ne veux pas. Aide-moi."

Katabolonga pleurait toujours. Il ne comprenait pas. Il n'avait plus le temps de penser. Tout se bousculait en lui. Il sentait le sang du roi lui baigner les pieds. Il entendait sa voix douce couler en lui. Il entendait un homme qu'il aimait le supplier de l'aider. Il prit délicatement le poignard des mains du roi. La lune brillait de ses dernières lueurs. D'un geste brusque, il planta le poignard dans le ventre du vieillard. Il retira son arme. Et porta un nouveau coup. Le roi Tsongor eut un hoquet et s'affaissa. Le sang, maintenant, s'échappait de son ventre. Il était couché dans une flaque noire qui inondait la terrasse. Katabolonga s'agenouilla, prit la tête du roi sur ses genoux. Dans un dernier moment de lucidité, le roi Tsongor contempla le visage de son ami. Mais il n'eut pas le temps de dire merci. La mort, d'un coup, lui fit chavirer les yeux. Il se figea dans une dernière contraction des muscles et resta ainsi, la tête renversée, comme s'il voulait boire l'immensité du ciel. Le roi Tsongor était mort. Katabolonga entendit, dans le trouble de son esprit, des voix lointaines rire en lui. C'étaient les voix vengeresses de la vie d'autrefois. Elles lui murmuraient dans sa langue maternelle qu'il avait vengé ses morts et qu'il pouvait être fier de cela. Le corps du roi était sur ses genoux. Raidi dans la mort. Alors, dans les dernières minutes de cette grande nuit de Massaba, Katabolonga hurla. Et sa plainte d'animal fit trembler les sept collines de Massaba. Ses pleurs réveillèrent le palais et la ville entière. Ses pleurs firent vaciller les feux de Sango Kerim. La nuit s'achevait aux sons horribles des hurlements de Katabolonga. Et lorsqu'il referma les yeux du roi en passant doucement la main dessus, c'est une époque entière qu'il referma. C'est sa vie à lui aussi qu'il enterrait. Et comme un homme que l'on enterre vivant, il continua à hurler jusqu'à ce que le soleil se lève sur ce premier jour où il serait seul. A jamais seul. Et plein d'effroi.

CHAPITRE II

LE VOILE DE SOUBA

Le deuil enveloppa Massaba d'un coup. La nouvelle de la mort du roi Tsongor se répandit dans toutes les rues, tous les quartiers, tous les faubourgs. Elle sortit de l'enceinte et courut jusqu'aux collines nord, où elle parvint à Sango Kerim. Elle emprunta la grande route dallée du Sud et vint au-devant du cortège de Kouame. D'un coup, alors, tout cessa. Cette journée changea de visage. Les robes et les apprêts de mariage disparurent et firent place aux tuniques de deuil et à leurs grimaces.

Samilia fut terrassée. Son esprit chavira. Elle ne comprenait pas. Son père était mort. Les robes, les bijoux, les sourires avaient disparu. Une malédiction déchirait sa vie. Elle gémissait de rage sur ce bonheur qui lui était enlevé. Elle aurait voulu maudire son père pour s'être donné la mort le jour de ses noces mais dès qu'elle pensait à lui, ses jambes se dérobaient et elle pleurait comme une enfant, exténuée de douleur.

Le corps du roi Tsongor fut emporté par les prêtres. Ils le lavèrent. Ils l'habillèrent. Et appliquèrent sur son visage un onguent qui rendait à ses traits un vague sourire de mort. Puis le cadavre fut disposé sur un catafalque, dans la plus grande salle du palais. On fit brûler des encens. On mit sur les hautes fenêtres de grands volets de bois pour que la chaleur ne pénètre pas et que le corps ne pourrisse pas, et dans la pénombre éclairée faiblement par quelques torches, on commença à pleurer le roi. Les enfants étaient assis le long du corps. Dans l'ordre de naissance. Il y avait les deux frères aînés, les jumeaux Sako et Danga. Sako était assis à la place de l'héritier car il était sorti en premier de sa mère. Danga se tenait à ses côtés, la tête baissée. Puis venait le troisième fils, Liboko. Il tenait la main de sa sœur, Samilia. A l'extrémité, à la place du cadet, était assis Souba. Le visage fermé. Il pensait sans cesse à ce dernier entretien qu'il avait eu avec son père. Il cherchait à comprendre les raisons de cette mort mais n'y parvenait pas. Et il restait ainsi, les yeux dans le vague, incapable de comprendre comment un jour de joie avait pu se changer si vite en veillée mortuaire.

Les enfants du roi Tsongor ne bougeaient pas. Devant eux défilait, lentement, dans la pénombre et le silence, tout le royaume. Les premiers à se présenter furent Gonomor, le plus haut dignitaire spirituel du royaume, chef des hommes-fougères, et Tramon qui commandait à la garde spéciale du roi. Puis vinrent le représentant de la cour, l'intendant du palais. Les dignitaires de Massaba. Les vieux compagnons d'armes du roi, ceux qui, comme lui, avaient passé vingt ans de leur vie à cheval. Les ambassadeurs, les amis et quelques hommes et femmes de la ville qui avaient réussi à franchir les barrages du palais et voulaient voir, une dernière fois, leur souverain.

Katabolonga était là. Assis au pied du cadavre. Et personne ne songeait à lui demander quoi que ce soit. On l'avait trouvé avec le roi sur la terrasse. Il avait un couteau baigné de sang à la main. On l'avait trouvé comme un assassin. Le poing encore serré sur l'arme. Mais personne ne songeait à l'inquiéter. Parce que les deux plaies aux poignets du roi disaient clairement qu'il s'était donné la mort.

Et parce que tout le monde se souvenait du pacte qui unissait les deux hommes. Certains visiteurs même, après avoir présenté leurs condoléances à la famille, s'approchèrent de lui et lui murmurèrent quelque chose à l'oreille. Avec douceur. Katabolonga était assis aux pieds de ce roi qu'il avait poignardé, et recevait, en pleurant, ces mots de compassion.

C'est au moment où les derniers ambassadeurs quittèrent la salle que l'on annonça Kouame, le prince
des terres du sel. Il entra, escorté de ses deux plus
proches compagnons, Barnak, le chef des mâcheurs
de khat, et Tolorus, qui commandait aux troupes du
prince.

Lorsqu'il le vit entrer, Sako demanda que tous
les autres visiteurs sortent, afin que la famille reste
seule avec le prince et son escorte. Kouame était
un bel homme. Les yeux bleu sombre. La tenue
altière. Le visage franc. Il était grand et puissant. Sa
présence dégageait quelque chose de calme et
d'attentionné. Il marcha d'abord vers le corps de
Tsongor. Et resta là, longtemps, sans rien dire. Il
contemplait le cadavre. Le visage plein de douleur.
Puis il se mit à parler. A voix haute pour que tous
entendent.

"Ce n'est pas ainsi, roi Tsongor", dit-il dans l'obscurité, une main sur le tombeau, "que j'espérais te
voir pour la première fois. Je m'étais fait à la joie
de te rencontrer. A la joie de prendre ta fille et d'appeler tes fils mes frères. Je croyais qu'il me serait
donné de t'apprendre, au fil des ans, comme on
apprend une longue histoire. Je voulais, comme tes
fils, être là pour veiller sur ta vieillesse. Ce n'est pas
ainsi, roi Tsongor, que nous devions nous rencontrer. Et ce n'est pas la mort qui aurait dû m'inviter

56

à entrer en ce palais, mais ta vieille main paternelle qui m'aurait montré chaque pièce, chaque recoin, qui m'aurait présenté, un par un, aux tiens. Au lieu de cela, ta main morte reste immobile sur ta poitrine et tu ne sens pas les larmes que je verse sur cette rencontre que la vie nous refuse."

Lorsqu'il eut fini, Kouame embrassa la main du mort, puis vint auprès des enfants, et à chacun d'entre eux, à voix basse, il présenta ses condoléances. Samilia attendait son tour. Elle gardait la tête baissée. Elle se répétait sans cesse qu'il ne fallait pas lever la tête, que cela serait indécent. Une excitation étrange s'emparait d'elle. Lorsque Kouame s'agenouilla devant elle, instinctivement, elle leva le visage et cette proximité la fit sursauter. Il était là. Devant elle. Il était beau. Les lèvres bien dessinées. Ce qu'il dit, elle ne l'entendit pas. Mais elle vit ses yeux qui la fixaient avec fièvre. Et elle comprit à ce regard, elle comprit que Kouame la voulait encore. Même dans le deuil. Elle comprit qu'il était venu pour cela. Pour dire à tous que malgré cette mort, Samilia lui était promise et qu'il attendrait ce qu'il faudrait attendre pour pouvoir la faire sienne. Et elle en fut reconnaissante à cet homme. Un peu de vie était possible. Ce visage le lui disait. Au-delà de la douleur et du deuil, un peu de vie, malgré tout, s'offrait à elle. Tout pouvait ne pas être perdu. Elle ne pouvait détacher les yeux de cet homme qui lui disait que tout ne finissait pas aujourd'hui.

Sako se leva pour raccompagner Kouame et le remercier de sa présence, mais brusquement la porte de la salle s'ouvrit et sans que l'on ait le temps de l'annoncer, Sango Kerim entra, accompagné de Rassamilagh, un grand homme maigre habillé d'étoffes noires et bleues. Il y eut un instant d'immobilité où chacun s'observait pour tenter de se reconnaître.

Samilia contemplait l'homme qui venait d'entrer. Elle était stupéfaite. C'était bien lui. Sango Kerim. Tout le passé ressurgissait. Elle le dévisageait et, pendant quelque temps, il lui sembla être à nouveau à l'époque où il vivait parmi eux, à l'époque où son père était encore vivant. Cela lui fit du bien. Il y avait quelque chose d'immuable dans sa vie. Quelque chose de solide qui ne changeait pas. Sango Kerim l'entourait à nouveau comme il le faisait autrefois. Elle le regardait avec soif. Il était là. Devant elle. Dans le malheur elle pouvait encore compter sur cela : l'immuable fidélité de Sango Kerim. Elle n'avait pas oublié la présence de Kouame et elle pressentait toute la violence qu'il y avait dans la confrontation des deux prétendants. Elle sentait surtout, en elle-même, les souffrances de l'hésitation, mais le visage de Sango Kerim, simplement, lui faisait du bien. C'était comme si une voix lointaine lui chantait à nouveau à l'oreille les comptines d'autrefois pour l'apaiser.

Chacun maintenant l'avait reconnu. Mais personne ne bougeait. Tous avaient appris la nouvelle de son retour hier. Tous avaient su qu'il avait vu leur père et tous avaient constaté avec surprise à quel point cet entretien n'avait pas suscité la joie du vieux Tsongor, à quel point il l'avait même plongé dans une profonde morosité. Ils n'avaient pas osé poser de questions. Et les préparatifs des noces, la cérémonie des présents, l'agitation générale avaient balayé toutes ces interrogations. Mais à cet instant, la question se reposa à tous. Que faisait-il ici ? Que voulait-il ? Qu'avait-il dit à leur père ? Ces questions, Danga et les autres auraient voulu les poser, mais Sango Kerim se tenait immobile dans la pièce, le visage crispé. Il était pâle. Il essayait, en vain, de cacher le tremblement de ses mains. Depuis qu'il était entré, il dévisageait Kouame, sans rien dire. Tout le monde attendait. En silence. Finalement Sango Kerim, sur qui tous les regards étaient posés, prit la parole. Il s'adressa à Kouame qui l'écoutait sans comprendre qui était cet homme, ce qu'il faisait ici et pourquoi il s'adressait à lui qui ne l'avait jamais vu.

"Vous êtes… Oui bien sûr… vous êtes venu tout de suite… sans attendre. Pas même un jour. Non… Un jour, c'eût été trop long… Oui…

— Qui êtes-vous ? demanda calmement Kouame qui ne comprenait pas ce qu'il se passait. Mais Sango Kerim n'écoutait pas. Il continua.

"Vous êtes venu… Vous ne le connaissiez même pas… Mais vous êtes là. Oui… moi je l'ai aimé comme un père. Je l'ai regardé des heures entières lorsque j'étais enfant… Je me mettais dans un coin et je l'observais car je voulais apprendre ses gestes, ses mots. Comme un père. Oui. Je l'ai connu… Vous êtes venu… pour prendre ce que vous convoitez… aux pieds mêmes du mort…"

Kouame ne comprenait toujours pas ce que voulait cet homme mais la situation devenait embarrassante et, avec autorité et sécheresse, il dit à Sango Kerim :

"Taisez-vous."

Ce fut comme une gifle sur le visage de Sango Kerim. Il se tut et devint encore plus pâle. Pendant un temps, il ne dit plus rien. Il contemplait le corps du vieux Tsongor. Puis ses yeux tombèrent à nouveau sur Kouame. Ils glissèrent sur lui avec mépris. Et c'est à Sako qu'il s'adressa. D'une voix froide.

"Je suis venu chercher Samilia."

Les fils du roi Tsongor se levèrent comme un seul homme. Sako était blanc de colère.

"Sango, dit le fils aîné du roi, tu ferais mieux de quitter cette salle, car tu divagues et cela devient indécent.

— Je suis venu chercher Samilia", répéta Sango Kerim.

Kouame, cette fois, n'y tenait plus.

"Comment osez-vous ?" cria-t-il.

Sango Kerim le regarda calmement et lui répondit :

"Je fais comme vous. Comme vous, je viens, un jour de deuil, demander mon dû. Comme vous. Oui. Avec la même impudence. Je suis Sango Kerim. J'ai été élevé ici, par le roi Tsongor. J'ai grandi avec Sako, Danga, Liboko et Souba, et j'ai passé des journées entières avec Samilia. Elle m'avait promis qu'elle serait à moi. Apprenant la nouvelle de ses noces, je suis venu hier pour rappeler à Tsongor la promesse de sa fille. Il m'avait promis une réponse. Il n'a pas tenu parole. Il a préféré mourir. Soit. Je viens aujourd'hui. Et je vous dis que j'emmène Samilia avec moi. C'est tout.

— Tu es Sango Kerim et je ne te connais pas", lui répondit, bouillonnant, Kouame. "Je ne connais ni ta mère ni ton père, si toutefois tu en as. Jamais ton nom ou celui de tes aïeux n'est venu jusqu'à moi. Tu n'es rien. Je pourrais te balayer d'un revers de la main parce que tu nous insultes tous, ici, devant la dépouille du roi Tsongor. Tu braves le deuil d'une famille. Et tu m'insultes.

— Je n'ai qu'un seul parent, en effet, dit Sango Kerim, et celui-là, du moins, tu le connais. C'est l'homme qui gît là. C'est le seul qui m'ait élevé.

— C'est ton seul parent, dis-tu, et c'est celui que tu es venu tuer hier", dit Kouame.

Sango Kerim se serait jeté sur son interlocuteur pour le rouer de coups, pour lui faire payer ce qu'il venait de dire, si, brusquement, la vieille voix rocailleuse de Katabolonga, toujours assis aux pieds du mort, n'avait retenti.

"Personne d'autre que moi ne peut prétendre avoir tué Tsongor."

Le serviteur s'était levé. Majestueux. Imposant à tous un profond silence.

"Je l'ai fait parce qu'il l'a voulu. De même, je me lève devant vous et je dis ce qu'il voulait que vous entendiez. Le deuil est tombé sur Massaba. Tsongor vous demande d'enterrer vos désirs de mariage avec son cadavre. Repartez d'où vous venez. Laissez Samilia à son deuil. Tsongor ne veut insulter aucun de vous. Du fond de sa mort, il vous supplie de renoncer. La vie n'a pas voulu que Samilia soit mariée."

Les hommes, autour de Katabolonga, se regardaient les uns les autres. Au début, ils avaient écouté avec respect. Mais l'impatience maintenant les tenait. Ils trépignaient de rage. C'est Kouame qui, le premier, prit la parole.

"Je n'ai jamais pensé épouser Samilia aujourd'hui, en ce jour de deuil. Il n'est pas d'offense à attendre. Je serai patient. Que le roi, dans sa mort, ne s'inquiète pas. J'attendrai des mois entiers s'il le faut. Et lorsque enfin vous aurez célébré les funérailles, je scellerai avec vous l'union de nos deux familles et de nos deux empires. Pourquoi devrais-je renoncer ? Je ne demande rien. Je ne fais qu'offrir. Mon sang. Mon nom. Mon royaume.

— Tu attendras", répondit sèchement Sango Kerim, hors de lui. "Oui. Bien sûr. Et pendant ce temps, tu consolideras tes positions. Tu te prépareras à la guerre. Pour que je n'aie plus aucune chance, ce jour-là, de reprendre ce qui me revient de droit. Alors, je le dis ici, devant vous tous, je n'attends pas, moi."

Sako était blême. Il hurla en direction de Sango Kerim :

"Tu insultes la mémoire de notre père !

— Je n'attends pas, non", continua Sango Kerim, calme et hautain, "je n'obéis pas à Tsongor que j'aimais pourtant comme un père. Les cadavres ne donnent pas d'ordres aux vivants."

Katabolonga regardait les deux rivaux. Sans les quitter des yeux. Il essayait de les comprendre. De mesurer la haine qu'ils se portaient l'un à l'autre, mais n'y parvenait pas.

"Tsongor s'est tué par mes mains, dit-il, parce qu'il sentait la guerre approcher et ne voyait pas d'autres moyens de l'éviter. Il s'est tué pensant que son cadavre, du moins, suspendrait votre charge. Mais vous courez malgré tout l'un sur l'autre, piétinant ses paroles et son corps.

— Qui piétine l'honneur de qui ? demanda froidement Kouame. Je suis venu pour un mariage. Tsongor lui-même m'a invité. J'ai traversé mon empire et le sien pour venir jusqu'ici. Et mon hôte, au lieu de m'accueillir avec chaleur, m'invite à des funérailles."

La pièce fut envahie par un vacarme furieux. Tout le monde parlait en même temps. On criait. On gesticulait. Plus personne ne se souciait du mort. C'est alors qu'une voix ferme et pleine d'autorité retentit.

"Pour aujourd'hui encore, du moins, je suis à mon père. Sortez d'ici. Et laissez-nous pleurer."

Samilia s'était levée. Sa voix avait couvert le tumulte. Tous restèrent interdits. Puis les hommes s'exécutèrent, honteux d'être rappelés ainsi à l'ordre. Mais avant de quitter tout à fait la salle, Sango Kerim se retourna et déclara :

"Demain, à l'aube, je me présenterai aux portes de la ville. Si tes frères ne te mènent pas jusqu'à moi, ce sera la guerre sur Massaba."

Il sortit et laissa derrière lui le vieux corps du roi Tsongor, dont la main sèche et noueuse traînait par terre. Les torches illuminaient la pièce. Le clan Tsongor était là. Réuni autour du père pour la dernière fois. Dans une épaisse odeur d'encens. Ils pleuraient sur la mort du vieillard. Ils pleuraient sur la vie d'autrefois. Ils pleuraient sur les combats à venir.

Lorsque le clan Tsongor fut seul à nouveau, Souba prit la parole et, s'adressant à sa sœur et à ses frères, il dit :

"Ma sœur, mes frères, j'ai quelque chose à vous dire et je vais le faire ici, en présence de notre père. Je l'ai vu hier soir. Il m'a convoqué auprès de lui. Ce qu'il m'a dit, je ne peux vous le répéter car il m'a fait jurer de ne rien en dire. Mais je vous dis ceci. Je vais partir demain. N'enterrez pas Tsongor. Embaumez son corps. Et mettez-le à l'abri, dans les souterrains du palais. Qu'il y repose jusqu'à mon retour. Je vais partir demain. Je ne sais quand je reviendrai. Notre père a voulu ce que je vous dis. Je ne prends rien avec moi. Qu'un vêtement de deuil et une monture. Je vais partir pour longtemps. Plusieurs années. Toute une vie peut-être. Oubliez-moi. N'essayez ni de me retenir, ni, plus tard, de me retrouver. Ce que je vous dis est la volonté de Tsongor. Pour moi, je ne veux rien. Partagez le royaume entre vous. Faites comme si j'étais mort. Car à partir de demain et jusqu'au jour où j'achèverai les travaux que Tsongor m'a assignés, je quitte la vie."

Samilia, Sako, Danga et Liboko écoutaient et tous avaient envie de pleurer. Souba était le plus jeune. Il n'avait encore rien fait. Sa vie était vierge. Souba était le plus jeune et c'était la première fois qu'ils l'entendaient parler ainsi, avec assurance et autorité. Il leur disait qu'il renonçait à la vie. Il leur disait qu'il allait mourir pendant plusieurs années. Souba parlait et il semblait avoir vieilli d'un coup. Chacun se demandait pourquoi Tsongor avait choisi Souba pour la tâche qu'il voulait confier à un de ses fils. Pourquoi lui, le plus jeune ? C'était une punition que le jeune homme ne méritait pas. Renoncer à tout. Du jour au lendemain. Et partir. A son âge. Avec pour seul bagage une tunique de deuil.

Samilia pleurait. Elle n'avait que deux ans de plus que son frère. Ils avaient été élevés ensemble. Les liens qui les unissaient tous les deux avaient été tressés par les mains de la nourrice qui leur donnait le sein. Ils avaient connu les mêmes jeux dans les couloirs du palais. Elle avait veillé sur son petit frère avec une attention maternelle d'enfant. Elle le coiffait. Lui donnait la main lorsqu'il avait peur. Et aujourd'hui, elle le voyait prendre la parole et elle ne reconnaissait pas sa voix.

"Mes frères, dit-elle, il nous reste une dernière nuit à passer ensemble. Demain, je le sens, commenceront, pour nous, des épreuves qui nous laisseront exsangues et esseulés. Nous avons été élevés par le même père. Le sang qui coule en mes veines est le vôtre. Jusqu'à aujourd'hui, nous étions le clan Tsongor. Les enfants du roi, sa fierté, sa force. Il est mort et nous cessons d'être ses enfants. A partir d'aujourd'hui, nous sommes sans père. Vous êtes des hommes. Demain chacun choisira son chemin. Je le sens, et vous devez le sentir comme moi, plus jamais nous ne serons unis comme nous le sommes aujourd'hui. Ne nous lamentons pas. C'est ainsi. A partir de demain chacun creusera le chemin de sa vie. C'est bien. C'est ce qu'il faut. Mais profitons, une dernière fois, de cette nuit commune.

Que le clan Tsongor existe jusqu'à l'aube. Prenons ce temps-là. Le temps de la vie et du partage. Qu'on nous apporte de quoi manger et boire. Qu'on nous chante les chansons tristes de notre pays. C'est ainsi, par ces heures passées ensemble, que nous nous dirons au revoir. Car il faut se dire adieu. Je le sais. Adieu à toi, Souba. Que j'aime comme une mère aime son enfant. Qui sait ce que tu retrouveras lorsque tu retourneras parmi nous ? Qui sait qui sera là, encore, pour t'accueillir, te laver les pieds et t'offrir les fruits et l'eau de l'hospitalité ? Qui sait qui sera là pour écouter le récit de cette vie que tu auras passée loin de nous ? Adieu à vous aussi, Sako et Danga, mes frères jumeaux, et adieu à toi Liboko qui fus toujours mon conseiller. Demain commence une autre vie et je ne sais si vous y serez encore mes frères. Laissez-moi, tous, vous prendre dans mes bras. Pardonnez-moi si je pleure. C'est que je vous aime et que c'est la dernière fois."

Samilia n'acheva pas sa phrase. Souba déjà l'étreignait de toutes ses forces. Les pleurs coulaient sur leurs visages. Et comme un fleuve en crue qui déborde de son lit et annexe, petit à petit, les ruisseaux alentour, ainsi, les larmes coulèrent dans le clan Tsongor, de Samilia à Souba, de Souba à Sako, de Sako à Liboko. Tous pleuraient, en souriant. Ils se regardaient les uns les autres, comme pour conserver à jamais dans leur esprit les visages de ceux qu'ils aimaient.

La nuit tomba. On prépara à manger. On fit venir des musiciens et des chanteurs qui chantèrent la terre natale et la douleur du départ, qui chantèrent les souvenirs d'autrefois et le temps qui ensevelit tout. Les Tsongor étaient assis les uns à côté des autres. Ils se regardaient. S'embrassaient. Se murmuraient mille petites choses insignifiantes qui ne disaient rien d'autre que l'amour qu'ils se portaient. Ils passèrent cette dernière nuit ainsi. Dans le palais de Massaba. Aux sons des cithares et du vin qui remplissait les coupes dans un doux bruit de cascade sucrée.

Le bruit de ce dernier repas commun parvint jusqu'à la salle du catafalque comme les notes indistinctes d'une douce musique. Et le corps du vieux Tsongor en fut saisi. Il entendait ces sons heureux du fond de sa mort. Il se dressa et demanda à Katabolonga, qui savait entendre les morts, de le mener jusque là-bas.

Dans les couloirs déserts du palais en deuil, deux silhouettes marchaient côte à côte, prenant soin de ne pas se faire voir. Ils avançaient vers la musique, cherchant dans le dédale du palais la pièce où tous s'étaient réunis. Lorsqu'ils trouvèrent enfin la salle, le vieux Tsongor se blottit dans un recoin et contempla ses enfants, réunis tous ensemble pour la dernière fois. Il les voyait assis les uns contre les autres. Les bras et les jambes enchevêtrés, les cheveux mêlés. Comme une portée de chiots serrée contre le sein de leur mère. Ils étaient là, ces enfants. Ils riaient. Pleuraient. Se touchaient sans cesse. Le vin coulait. La musique emplissait les cœurs d'une mélancolie voluptueuse.

Le vieux roi mort contempla ses enfants en secret. Il se laissa emplir, lui aussi, de la douce lumière qui baignait les lieux, des odeurs et des éclats de voix. Ils étaient tous là. Ses enfants. Devant lui. Heureux. Alors il murmura pour lui-même : "C'est bien." Comme pour remercier ses enfants de cette nuit de partage, et il retourna à la froideur marbrée de son catafalque.

Le sommeil finit par vaincre les enfants de Tsongor. Ils se séparèrent. Chacun rejoignit sa chambre et s'endormit à regret. Seul Souba ne se coucha pas. Il déambula encore un peu dans les couloirs silencieux. Il voulait saluer une dernière fois le vieux palais. Revoir les salles où il avait grandi. Caresser de ses mains la pierre des couloirs et le bois des meubles familiers. Il marcha comme une ombre, s'imprégnant une dernière fois de ce lieu puis, enfin, descendit les grands escaliers du palais et s'engouffra dans les écuries. La chaude odeur des bêtes et du fourrage le réveilla. Il parcourut l'allée centrale, cherchant une monture qui convienne à son exil. Un pur-sang. Rapide. Nerveux. Un animal noble qui le mènerait d'un bout à l'autre du royaume avec fougue. Il cherchait, mais il lui semblait qu'il y avait dans tous ces chevaux de race, splendides et bien peignés, quelque chose qui ne convenait pas au deuil. Il arriva alors dans la partie reculée des écuries royales, où reposaient les chevaux de trait et les mulets. Il s'immobilisa. C'est cela qu'il lui fallait. Une mule. Oui. Une mule. Au pas lent et têtu. Une monture humble que ni la fatigue ni le soleil ne ferait faiblir. Une mule. Oui. Car il voulait chevaucher lentement. Obstinément. Portant partout où il irait l'annonce de la mort de son père.

Il quitta Massaba sur sa mule encore engourdie de fatigue. Il quitta sa cité natale et tous les siens. Les laissant à la nuit. Une nouvelle vie commençait pour eux dont il ne saurait rien.

Après une heure de marche, alors qu'il avait depuis longtemps perdu de vue la dernière des collines de Massaba, il arriva aux berges d'une petite vasque qu'il connaissait bien pour y avoir joué souvent, enfant, avec ses frères. Il mit pied à terre, laissa sa mule boire et se passa lui-même un peu d'eau sur le visage. Ce n'est que lorsqu'il remonta sur sa bête qu'il aperçut, un peu plus loin, sur la même rive que lui, un groupe de femmes. Elles devaient être huit. Elles le regardaient. Sans rien dire. Cherchant à ne pas faire de bruit. Serrées les unes contre les autres. C'étaient les femmes de Massaba, venues là, en pleine nuit, pour laver leur linge à la vasque. Elles savaient que la guerre était proche et qu'il n'y aurait peut-être bientôt plus moyen de sortir de la ville. Elles savaient qu'en cas de siège, l'eau serait rationnée. Alors elles avaient profité de cette dernière nuit de liberté pour venir ici, avec leurs draps, leurs tapis, leurs vêtements et plonger leurs mains dans l'eau froide du torrent. La vue de Souba les avait d'abord effrayées. Mais l'une d'entre elles le reconnut et aussitôt le groupe, comme un seul corps, soupira de soulagement. Elles restaient là. Immobiles et silencieuses. Il les salua doucement de la tête et elles répondirent avec respect à son salut. Puis il piqua sa monture et disparut. Il pensait à ces femmes. Il pensait que ce seraient les seules à l'avoir vu partir. Les seules à avoir partagé avec lui quelque chose de cette nuit étrange. Il pensait à tout cela, lorsqu'il sentit soudain qu'il était suivi. Il se retourna. Elles étaient là. A plusieurs centaines de mètres derrière lui.

Elles s'arrêtèrent lorsqu'il s'arrêta. Elles ne voulaient pas le rejoindre. Il leur sourit à nouveau et
leur fit un signe de la main pour leur dire adieu.
Elles répondirent avec déférence en baissant la
tête. Il piqua sa mule et partit au galop. Mais après
une heure de marche, il sentit à nouveau leur présence dans son dos. Il se retourna. Les laveuses
étaient là. Elles avaient marché patiemment, suivant ses traces, jusqu'à le rattraper. Laissant derrière elles la ville, le linge et la rivière. Souba ne
comprenait pas. Il s'approcha du groupe et, lorsqu'il fut à portée de voix, il leur demanda :

"Femmes de Massaba, pourquoi me suivez-vous ?"
Les femmes baissèrent la tête et ne répondirent
pas. Il reprit :

"Le sort a voulu que nous nous rencontrions en
cette nuit qui est pour moi celle de l'exil. J'en suis
heureux. Je garderai longtemps en moi l'image de
vos visages humbles et souriants. Mais ne tardez plus.
Le jour va se lever. Reprenez le chemin de la ville."

C'est alors que la plus âgée des laveuses doucement fit un pas en avant et les yeux toujours à terre
lui répondit.

"Souba, nous t'avons reconnu lorsque la nuit t'a
mis sur notre route. Nous t'avons reconnu car tu
es pour nous le visage enfant du bonheur. Nous
ne savons ni où tu vas ni pourquoi tu quittes Massaba. Mais nous t'avons croisé et nous t'escorte-
rons. Tu es de la ville. Il ne serait pas juste que tu
partes seul, ainsi, sur les routes du royaume. Il ne
doit pas être dit que les femmes de Massaba ont
laissé seul à sa peine l'enfant du roi Tsongor. N'aie
crainte, nous ne demanderons rien. Nous ne nous
approcherons pas. Nous ne ferons que te suivre
où tu vas. Que la ville, toujours, soit avec toi."

Souba resta sans voix. Il contemplait ces femmes.
Les larmes lui montèrent au visage mais il ne voulut
pas pleurer. Il aurait aimé enlacer chacune d'entre

elles en signe de reconnaissance. Elles étaient immobiles à nouveau. Attendant que Souba reprenne sa route pour marcher dans ses pas. Il s'approcha encore un peu et leur dit :

"Femmes de Massaba, je baise vos fronts pour ces paroles que je n'oublierai pas. Mais il ne peut en être ainsi. Ecoutez-moi. Tsongor, mon père, m'a confié une mission avant de mourir, une mission dont je dois m'acquitter seul. Je ne peux avoir d'escorte et n'en veux pas. Vos paroles me suffisent. Je les garderai en moi. Retournez à vos vies. C'est la volonté de Tsongor. Rebroussez chemin. Je vous le demande humblement."

Les femmes restèrent longtemps silencieuses, puis la plus âgée, à nouveau, fit entendre sa voix.

"Soit, Souba. Nous ne nous opposerons ni à ta volonté ni à celle du roi Tsongor. Nous te laissons là. A ton destin. Mais accepte sans protester nos offrandes."

Souba acquiesça. Alors, lentement, les femmes, une à une, se mirent à se couper les cheveux. Elles se coupaient de longues mèches les unes les autres, jusqu'à ce que chacune d'entre elles puisse faire une longue natte. Alors elles vinrent avec respect attacher à la selle de Souba leurs huit nattes coupées, comme des trophées sacrés.

Puis elles déplièrent un grand drap noir et elles l'accrochèrent à un bâton qu'elles fixèrent dans le dos de Souba.

"Ce voile noir, dirent-elles, sera celui de ton deuil. Il annoncera, partout où tu iras, la douleur qui a frappé Massaba."

Alors seulement, elles se baissèrent jusqu'à terre, saluèrent Souba, et s'en allèrent.

Le jour approchait. La lumière dissipait la brume. Souba reprit son chemin. Le vent se leva. Gonflant dans son dos le voile noir des femmes. Et c'était de loin comme un navire qui parcourait les routes du pays. Un cavalier solitaire qui se dirigeait au gré du vent. Avec le voile des laveuses qui claquait derrière lui comme une longue traîne de deuil. Annonçant à tous les funérailles du roi Tsongor et le malheur tombé sur sa cité.

CHAPITRE III

LA GUERRE

A l'aube, Sango Kerim descendit des collines, à cheval, sans escorte, vers Massaba. Il alla jusqu'à la porte principale, qu'il trouva fermée. Il constata que Samilia n'était pas là. Il constata qu'aucun des frères Tsongor n'était venu le saluer. Il constata que les gardiens de la porte étaient en armes et que tous les remparts de la ville bruissaient d'une activité frénétique. Il constata que le drapeau des terres du sel flottait à côté de celui de Massaba sur les tours de la ville. Alors il avisa un vieux chien qui traînait là, en dehors de l'enceinte, malheureux de s'être fait enfermer à l'extérieur de la cité. Il s'adressa à lui, du haut de son cheval, et lui dit :

"Soit. Maintenant, c'est la guerre."

Et ce fut la guerre.

Au palais, Sako, en tant qu'aîné, avait pris la place de son père. Liboko, chef des troupes de la ville, s'occupait de la liaison avec le campement de Kouame. Ce dernier s'était installé sur la colline la plus au sud avec ses gens et son armée. Des émissaires allaient et venaient entre Massaba et le campement pour prévenir le prince des terres du sel des derniers mouvements de Sango Kerim, pour vérifier qu'il ne manquait de rien, eau, nourriture, vin ou foin pour les bêtes.

Samilia s'était installée sur les toits. A l'endroit même où son père avait passé sa dernière nuit. D'ici, elle voyait tout. Les quatre collines du Nord qu'occupait Sango Kerim. Les trois collines du Sud où était le campement de son futur époux, Kouame. La grande plaine de Massaba, au pied des murailles. Elle pensait à ce qui s'était passé la veille. Au retour de Sango. A la mort de son père. A la dispute autour du catafalque. A ces deux hommes qui allaient se battre pour elle.

"Je n'ai rien voulu, pensait-elle, je n'ai fait qu'accepter ce que l'on m'offrait. Mon père me parlait de Kouame et avant même de le voir je l'ai aimé. Aujourd'hui mes frères se préparent à une bataille. Personne ne me demande rien. Je suis là. Immobile. Je contemple les collines. Je suis une Tsongor. Il est temps de vouloir. Moi aussi, je livrerai bataille. Ils sont deux à me réclamer comme un dû. Je ne suis due à personne. Il est temps de vouloir. De toutes mes forces. Et que celui qui s'oppose à mon choix soit mon ennemi. C'est la guerre. Le passé est revenu jusqu'à moi. J'ai donné ma parole à Sango Kerim. Est-ce que la parole de Samilia ne vaut rien ? Sango Kerim n'a rien d'autre que cela. Ma parole. A laquelle il s'est accroché durant toutes ces années. Il n'a pensé qu'à cela. Il est le seul à croire en Samilia et ils le traitent comme un ennemi. Oui, il est temps de vouloir. La guerre est là qui n'attend pas."

Elle était plongée dans ces pensées, sur les toits du palais, lorsque les armées de Sango Kerim descendirent des collines pour venir se poster dans la grande plaine de Massaba. C'étaient de longues colonnes d'hommes qui marchaient en ordre de bataille. Ils étaient innombrables. On eût dit une eau humaine qui coulait le long des pentes. Arrivés au milieu de la plaine, ils s'immobilisèrent et se rangèrent tous par clans, pour attendre l'ennemi.

Il y avait là l'armée des ombres blanches que commandait Bandiagara. On les appelait ainsi parce qu'ils avaient tous, pour la guerre, le visage recouvert de craie. Ils dessinaient sur leur torse, leurs bras et leur dos des dessins arabesques et ressemblaient à des serpents à la peau calcaire.

A gauche de Bandiagara étaient les crânes rouges menés par Karavanath' le brutal. Ils avançaient le crâne rasé et peint en rouge, montrant ainsi qu'ils avaient le sang de leurs ennemis en tête. Ils portaient des colliers autour du cou car les jours de guerre étaient, pour eux, jours de fête.

A droite de Bandiagara était Rassamilagh et son armée. C'était une foule immense et bigarrée, montée sur des chameaux. Ils venaient de sept contrées différentes. Tous avaient leur couleur, leurs armes et leurs amulettes particulières. Les étoffes de leurs habits battaient sous le vent. Rassamilagh avait été élu commandant de l'armée par les autres chefs. L'armée semblait tanguer sur ces grands animaux flegmatiques. Une armée dont on ne voyait que les yeux qui fixaient avec dureté Massaba.

Devant ces trois armées réunies se tenait Sango Kerim avec sa garde personnelle. Une centaine d'hommes qui le suivaient partout où il allait.

C'est ainsi que se présenta l'armée des nomades de Sango Kerim. Une armée composée de tribus que l'on ne connaissait pas à Massaba. Une armée bigarrée, venue de loin, qui lançait, sous le soleil implacable, des malédictions étranges en vue des murailles.

L'armée de Kouame, à son tour, prit place sous les remparts de Massaba. Kouame avait demandé la permission à Sako d'assurer seul, lui et ses hommes, la première bataille. Pour laver l'affront qui lui avait été fait la veille. Et montrer, une nouvelle fois, sa loyauté envers Massaba.

Les guerriers des terres du sel arrivèrent aux sons puissants des cornes-coquillages dans lesquelles soufflaient les cavaliers de la garde de Kouame.

Derrière Kouame venaient trois chefs. Le premier était le vieux Barnak qui commandait aux mangeurs de khat. Ils portaient tous de longs cheveux emmêlés qui leur tombaient sur les épaules et une barbe broussailleuse. Leurs yeux, sous l'effet du khat, étaient striés de rouge et ils se parlaient à eux-mêmes, plongés dans les visions de la drogue qu'ils mâchaient. Un brouhaha immense s'élevait de ces hommes poussiéreux et sales. On eût dit une armée de va-nu-pieds frappée par la fièvre. Ils étaient tous hagards et cela les rendait effrayants au combat. Le khat les préservait de la peur et de la douleur. Même blessés, même amputés d'un membre, on avait vu de ces hommes continuer à se battre tant ils ne sentaient plus leur propre chair. Ils murmuraient tous comme une armée de prêtres qui scandent de sanglantes prières.

Le second était Tolorus qui menait au combat les Surmas. Ils marchaient torse nu, bravant la peur et les coups. Seul leur visage était emmitouflé de rubans de tissu. Leur crainte à tous n'était pas de mourir mais d'être défigurés au combat. Une vieille croyance disait, en leur pays, que les hommes défigurés étaient condamnés à l'errance et perdaient leurs biens et leur nom.

Le dernier était Arkalas, le souverain des chiennes de guerre. C'étaient des hommes forts et robustes mais qui, pour le combat, se paraient comme des femmes. Ils se dessinaient les yeux. Mettaient du rouge sur leurs lèvres. Portaient boucles d'oreilles, bracelets et colliers de toutes sortes. C'était pour eux une façon plus aiguë d'offenser l'ennemi.

Lorsqu'ils tuaient un adversaire, ils lui murmuraient à l'oreille : "Regarde, lâche, c'est une femme qui te tue." On entendait jusqu'aux murailles de Massaba les rires nerveux de ces travestis qui portaient le glaive et se léchaient les lèvres du sang qu'ils feraient bientôt couler.

Les armées étaient en place. L'une face à l'autre. Et tout Massaba se pressait sur les murailles pour compter les hommes de chaque camp, pour contempler les armes et les habits de ces étranges guerriers venus de loin. Tout Massaba se pressait pour assister au choc brutal de la mêlée. Les cornes-coquillages de Kouame se turent. Tout le monde était prêt. Le vent sifflait dans les armures et faisait voler les étoffes.

Kouame, alors, s'avança dans la plaine. Il marcha droit vers Sango Kerim. Arrivé à dix mètres de lui, il fit arrêter sa monture et déclara :

"Va-t'en, Sango Kerim, j'ai pitié de toi, repars d'où tu viens. Il est encore temps, pour toi, de vivre. Mais si tu t'obstines, de cette plaine, tu ne connaîtras que la poussière de la défaite."

Sango Kerim se dressa sur sa monture et répondit.

"Je déclare n'avoir écouté que d'une oreille tes paroles, Kouame. Et je ne te réponds que de ceci."

Et il cracha par terre.

"Ta mère va pleurer aux récits qu'on lui fera des coups que je vais t'infliger, dit Kouame.

— Je n'ai pas de mère, répondit Sango Kerim, mais j'aurai bientôt une femme tandis que toi, tu n'auras pour compagne que la hyène qui léchera ton cadavre."

Kouame tourna le dos brusquement à Sango Kerim et dit pour lui-même : "Alors meurs." Il revint devant ses troupes. Il était rouge de colère. De

toute sa hauteur, il se dressa sur son cheval et haran-
gua ses troupes. Il hurlait qu'il avait été offensé et
que les chiens d'en face devaient périr. Il hurlait
que c'était avec le sang encore chaud de l'ennemi
sur le torse qu'il voulait se marier. A ses cris répondit l'immense clameur des armées des terres du
sel. Alors il donna le signal. Les deux armées, au
même instant, se mirent en mouvement et se ruèrent l'une sur l'autre. Ce fut une mêlée brutale. Faite
de chevaux, de corps, de pics, de chameaux et
d'étoffes. On percevait le hennissement des montures, les rires des travestis d'Arkalas. Tout se con-
fondait, le crâne rouge des hommes de Rassamilagh
et les plaies béantes des premiers tués. La poussière soulevée par la mêlée venait se coller aux
visages des guerriers en sueur.

Samilia était toujours sur les toits du palais. Elle
contemplait la mêlée indistincte des guerriers,
silencieuse. Le visage figé. A ses pieds mouraient
des hommes. Elle ne parvenait pas à comprendre.
Que Kouame et Sango Kerim se battent, cela lui
semblait possible puisqu'ils la désiraient tous les
deux. Mais les autres, tous les autres ? Elle pensait
au discours de Katabolonga sur le cercueil de
Tsongor. Elle avait reconnu les mots de son père
à travers la bouche du vieux serviteur et elle ne
comprenait pas pourquoi elle n'avait rien dit. Il lui
suffisait de proclamer qu'elle acceptait la volonté
de son père, qu'elle refusait tout prétendant et
tout pouvait finir. Mais elle n'avait rien dit. Et les
hommes, sous les murailles, s'étaient mis à tomber. Elle ne savait pas pourquoi elle s'était tue.
Pourquoi ses frères, aussi, n'avaient-ils rien dit ?
Est-ce que tout le monde voulait cette guerre ? Elle
contemplait le champ de bataille. Effrayée de ce
qu'elle avait fait naître. La guerre était à ses pieds

et portait son nom. Cette mêlée brutale avait son visage. Elle s'insulta à voix basse. Elle s'insulta de n'avoir rien fait contre cela.

Les pierres, le long de la route, commençaient à chauffer au soleil. Souba avançait, s'enfonçant toujours plus avant dans les terres du royaume, loin de Massaba et de sa rumeur. Loin de la guerre qui naissait là-bas. Souba avançait sans savoir où il allait.

Le paysage, insensiblement, s'était transformé. Les collines avaient disparu. A perte de vue s'étendait une longue plaine d'herbes folles et de fougères. Mais plus Souba avançait, plus il découvrait, sur les bords de la route, la marque douce de la main de l'homme. Il aperçut tout d'abord quelques murets, puis des champs cultivés. Puis, enfin, les premières silhouettes dans ces grands paysages infinis. Il les voyait. Le dos plié. Travaillant la terre. Chacun occupé à son labeur. Soudain un cri retentit. Un cri aigu de femme. Une paysanne venait de se relever et avait aperçu la mule et son cavalier. Elle avait aperçu le voile de deuil et poussa son cri de pleureuse. Souba tressaillit. De partout surgirent les têtes étonnées des paysans qui se relevaient. Pendant quelques instants le silence fut complet. On n'entendait que le bruit net des sabots sur les cailloux de la route. Les hommes et les femmes abandonnèrent leurs outils et s'avancèrent. Ils se pressèrent le long de la route pour voir passer le cavalier endeuillé. Souba de la main fit alors le geste sacré des rois. Le geste que Tsongor faisait pour saluer la foule. Le geste que seuls les membres de la famille avaient le droit de faire. Un dessin lent et solennel des doigts dans l'air. A ce salut répondit alors un concert de cris. Les femmes se mirent à pleurer. A se frapper le visage du plat de la main. A se tordre les doigts. Les hommes baissèrent la tête et récitèrent, entre leurs dents, la prière des morts. Ils avaient compris. Par ce simple geste, ils avaient compris que ce messager venait de Massaba, du palais de Tsongor et qu'il annonçait la mort du souverain. Souba continua son avancée. Les paysans maintenant le suivaient. Ils lui faisaient escorte. Il ne se retourna pas. Mais il les entendait, dans son dos. Et il sourit. Oui. Malgré la tristesse qu'il éprouvait, il sourit. Satisfait, étrangement, qu'il en soit ainsi. Satisfait de faire naître partout les cris du peuple. Il fallait que la terre elle-même se mette à hurler. Que personne ne puisse plus ignorer que Tsongor était mort. Que l'empire entier cesse son activité. Oui. Il voulait transmettre la douleur au cœur des hommes qu'il croisait. Cette même douleur qui le tenait. Il ne devait plus y avoir de travail. Il ne devait plus y avoir de faim et de champs à labourer. Il ne devait plus y avoir qu'un voile noir à cheval. Et la nécessité de pleurer. La colonne, derrière lui, croissait. Et Souba souriait. Il étreignait l'orgueil de l'homme endeuillé. Il souriait. En traversant les villages. Tout l'empire ne tarderait pas à pleurer. La nouvelle maintenant allait le devancer. S'étendre. Croître sans cesse. Et on entendrait bientôt la vaste complainte de tout un continent. Il souriait. Le voile noir claquait à ses oreilles. Les pleureuses gémissaient. Il fallait que son père soit pleuré. Et il l'était. D'un bout à l'autre du royaume. Qu'on laisse passer le messager. De son pas lent et régulier. D'un bout à l'autre du royaume. Qu'on le laisse passer et que l'on partage sa peine.

A Massaba, le combat dura toute la journée. Dix heures de lutte sans interruption. Dix heures de coups donnés et de vies perdues. Kouame et Sango Kerim, chacun de leur côté, pensaient remporter une victoire rapide. Enfoncer les premières lignes, mettre en fuite les ennemis et les poursuivre jusqu'à ce qu'ils se rendent. Mais devant la force de l'adversaire, au fil des heures, ils avaient dû s'installer dans la bataille. Alterner les lignes de front pour que les guerriers puissent se reposer un temps, extraire les blessés de la mêlée et repartir ensuite, la bave aux lèvres et les muscles éreintés par l'effort. Et même alors, aucune victoire ne se dessinait. Les deux armées continuaient à se faire face. Comme deux béliers qui s'affrontent, trop fatigués pour charger mais trop vaillants pour céder le moindre arpent de terre.

Lorsque enfin le soleil se coucha et que le combat cessa, chacune des deux armées était à l'endroit même où elle avait commencé la lutte. Personne n'avait avancé ni reculé. Les morts s'étaient entassés, simplement, sous les murailles de Massaba. Un champ immense de corps indistincts dans lequel se mêlaient les couleurs des étoffes et les armes brisées. Tolorus, le vieux compagnon de Kouame, était mort. Il avait toujours chargé avec rage, piétinant ses ennemis, faisant frémir, par ses cris, ceux qui l'affrontaient, avançant sans cesse avec fureur dans la forêt de pics que lui opposaient les crânes rouges de Karavanath', avançant comme un démon, semant partout la panique et l'effroi. Jusqu'à ce que, dans la mêlée, Rassamilagh l'aperçoive et pique les flancs de son chameau. La charge de l'animal était brutale. Il piétina plusieurs corps sur son passage et lorsque enfin il arriva sur Tolorus, d'un geste sec, Rassamilagh abattit son glaive et le décapita. Sa tête étonnée alla rouler aux pieds des siens et pleura, un instant, sur cette vie qui lui était enlevée.

Karavanath', de son côté, voulait à tout prix planter sa lance dans les flancs de Kouame. Il marchait droit sur lui, excitant les siens au combat, leur parlant de la gloire qu'ils connaîtraient s'ils tuaient le roi des terres du sel. Mais ce n'est pas Kouame que Karavanath' rencontra. Sur son chemin était Arkalas, le chef des chiennes de guerre. Il eut à peine le temps de distinguer son ennemi. Tout juste entendit-il un cliquetis de bijoux et des hurlements de jubilation qui fondaient sur lui. Puis il sentit un corps lui sauter dessus, le renverser et planter dans sa gorge ses dents. C'est ainsi qu'Arkalas prit la vie de Karavanath'. Il lui trancha la veine jugulaire et la mort s'abattit sur ses yeux. Son corps fit encore quelques hoquets. Et il eut le temps d'entendre la voix de celui qui le tuait lui murmurer : "Je suis belle et je te tue."

A tous ces corps de braves que la vie avait quittés s'ajoutaient, en un amas putride, les cadavres de chevaux et les innombrables chiens de guerre qui s'étaient entre-déchirés et gisaient, les pattes en l'air, raidis dans la mort. Lorsque le combat cessa et que les deux armées remontèrent dans les collines, défaites, épuisées, trempées de sang et de sueur, on eût dit qu'elles avaient accouché, dans la plaine, d'une troisième armée. Une armée immobile. Allongée face contre terre. L'armée des morts qui était née après dix heures de contractions sanglantes. L'armée de tous ceux qui resteraient à jamais dans la poussière de la plaine, au pied de Massaba.

A peine sorti de la mêlée, le corps encore fumant de l'effort du combat, Kouame se fit annoncer au palais. Il voulait réfléchir, avec les fils Tsongor, à une stratégie pour vaincre Sango Kerim le lendemain. Mais dans les couloirs du palais, il rencontra Samilia qui le pria de la suivre. Il pensa qu'elle voulait lui offrir des mets, un bain, mille choses pour qu'il oublie les fatigues du combat. Il la suivit. Elle l'emmena, à sa surprise, dans une petite salle où il n'y avait rien. Ni baignoire. Ni table préparée. Rien même où il puisse se laver les mains et le visage. Alors Samilia se retourna et son regard le fit sursauter. Il comprit que les épreuves n'étaient pas finies.

"Kouame, dit-elle, j'ai à vous parler."

Il acquiesça de la tête, silencieux.

"Me connaissez-vous, Kouame ?" demanda-t-elle.

Il garda le silence.

"Me connaissez-vous, Kouame ? répéta-t-elle.

— Non", dit-il.

Il aurait aimé ajouter qu'il n'avait pas besoin de la connaître pour l'aimer. Mais il ne dit rien.

"Et pourtant vous vous battez pour moi, continua-t-elle.

— Où voulez-vous en venir ?" demanda Kouame, et Samilia perçut l'énervement qu'il y avait dans sa voix. Elle le regarda, calmement.

"Je vais vous le dire."

87

Kouame savait maintenant avec certitude que ce qui allait suivre ne lui plairait pas, mais il ne pouvait qu'attendre et écouter.

"Lorsque mon père m'a parlé de vous pour la première fois, Kouame, dit-elle, je l'ai écouté avec de grands yeux d'enfant qui buvaient ses paroles. Il me raconta qui vous étiez. L'histoire de votre lignée. Il énuméra les splendeurs que l'on prête à votre royaume et je fus conquise, d'emblée, je l'avoue, par le portrait qu'il faisait de vous. Le mariage fut décidé et j'avais hâte de vous connaître, une hâte sincère que même la douleur de devoir quitter les miens ne venait pas altérer. Mais la veille de votre venue, mon père m'annonça le retour de Sango Kerim et la raison de ce retour. Je n'aurai pas l'affront de vous parler ici d'un homme contre lequel vous vous êtes battu et que vous devez détester de tout votre être. Sachez seulement que ce qu'il a dit est vrai. Nous avons été élevés ensemble. J'ai, de lui, mille souvenirs de jeux et de secrets partagés. Il était là, à mes côtés, aussi loin que je me souvienne. Le jour où il nous quitta, c'est à moi seule qu'il expliqua son départ. Il n'avait rien. C'est pour cela qu'il partit. Pour arpenter le monde. Conquérir ce qui lui manquait. La gloire. Les terres. Un royaume. Des appuis. Et revenir ensuite à Massaba. Se présenter à nouveau à mon père et lui demander sa fille pour femme. Nous nous l'étions juré. Je vois que vous souriez, Kouame, et vous avez raison. C'étaient des serments d'enfants comme nous en avons tous fait. Des serments qui prêtent à rire car ils sont faits pour être oubliés. Mais ces serments-là deviennent terrifiants, croyez-moi, lorsqu'ils ressurgissent soudain dans votre vie, avec l'autorité du passé. Le serment de Sango et Samilia. J'en sourirais comme vous venez de le faire si Sango Kerim n'était pas là, aujourd'hui, au pied des murs de Massaba."

Kouame voulut dire quelque chose, mais d'un geste de la main Samilia lui demanda de garder le silence et elle continua.

"Je sais ce que vous allez dire. Que le passé qui ressurgit ainsi, avec brutalité, et qui réclame son dû est un cauchemar et qu'il y a des cauchemars que l'on peut faire disparaître. Que c'est ce que vous vous employez à faire avec vos armées. Chasser Sango Kerim pour que la vie reprenne. Je sais. Je sais. J'ai pensé à cela également. Mais écoutez-moi maintenant et considérez ceci. Suis-je fidèle si je suis à vous ? Sango Kerim appartient à ma vie. Si je reste avec vous, je trahis ma parole et je trahis mon passé. Comprenez-moi, Kouame, Sango Kerim sait qui je suis. Il connaissait mon père. Il sait de mes frères des secrets que j'ignore. Si je viens à vous, Kouame, je deviens étrangère à ma propre vie."

Kouame était abasourdi. Il écoutait parler cette femme et il découvrait avec stupeur qu'il aimait sa voix, qu'il aimait la façon dont elle s'exprimait, sa sauvage détermination. Il ne put que murmurer.

"Que faites-vous de la fidélité à ce que voulait votre père ?"

Mais à l'instant même où il prononça ces mots, il en sentit la faiblesse.

"J'y ai pensé, bien sûr. Et je me serais tenue à sa volonté s'il en avait exprimé une. Mais il a préféré mourir plutôt que de choisir. Il m'a laissé ce soin douloureux. J'ai pris ma décision. Je pars ce soir. Vous êtes le seul à connaître mon projet. Vous ne direz rien. Vous ne me retiendrez pas. Je le sais. Je vous le demande. Je vais aller retrouver Sango Kerim et tout peut finir demain. Rappelez votre armée, retournez en votre royaume. Personne n'est offensé. C'est la vie qui s'est jouée de nous. Rien d'autre. Il n'y a pas de bataille à livrer contre cela."

Au fur et à mesure qu'elle parlait, Samilia était de plus en plus douce et calme. Mais plus elle parlait et plus Kouame sentait la colère monter en lui. Lorsque enfin elle se tut, il explosa.

"Il est trop tard pour cela, Samilia. Aujourd'hui le sang a coulé. Aujourd'hui est mort mon ami Tolorus. Et j'ai recueilli moi-même, entre mes mains épuisées, sa tête décapitée que les chevaux avaient piétinée. Aujourd'hui j'ai été insulté. Non. Je ne repars pas. Non. Je ne vous laisse pas à votre passé. Nous sommes liés, Samilia, vous et moi. Au serment d'autrefois, je vous oppose la promesse que vous aviez faite de m'épouser. Nous sommes liés et je ne vous laisserai plus en paix.

— Je pars ce soir, répéta-t-elle, et c'est comme si je mourais pour vous. Dites-vous bien cela."

Elle recula et se dirigea vers la porte de la salle. Mais Kouame hurla de rage.

"Détrompez-vous. Vous serez là-bas, dorénavant. Soit. Il y a donc une guerre à gagner. J'irai vous trouver. J'enfoncerai les lignes de ce chien, je décapiterai ses amis et je traînerai son corps derrière moi pour que vous compreniez que je vous ai gagnée. Il y a une guerre maintenant. Et je la mènerai jusqu'au bout."

Elle se retourna une dernière fois et dit à voix basse, comme si elle crachait par terre :

"Si c'est ce que vous voulez, qu'il en soit ainsi."

Elle disparut, en serrant fort ses poings. Jamais Kouame ne lui avait semblé aussi beau. Jamais elle n'avait eu autant envie d'être sienne. Elle croyait profondément à ce qu'elle avait dit. Elle s'était préparée à son discours. Elle avait pesé chaque argument. Elle voulait être fidèle. Elle y croyait. Mais tandis qu'elle avait parlé, elle avait senti monter en elle un sentiment qu'elle ne parvenait pas à endiguer et qui démentait chacune de ses paroles. Elle revoyait Kouame tel qu'il lui était apparu la première fois. Comme une promesse de vie. Elle avait été au bout de ce qu'elle avait à dire. Sans défaillir. Elle avait tenu. Mais elle ne pouvait plus douter qu'elle l'aimait.

Elle disparut en se jurant de l'oublier. Mais elle sentait déjà que plus elle s'en éloignerait, plus il l'obséderait.

Dans la salle du trône, une terrible dispute venait d'éclater entre Sako et Danga. Depuis la mort du vieux Tsongor, Sako se comportait comme le roi, ce qui irritait Danga. La guerre avait encore exaspéré les tensions entre les jumeaux. Danga était profondément lié à Sango Kerim et il était outré de voir son frère prendre le parti d'un étranger contre leur ami d'enfance.

Il avait passé la journée, lui aussi, sur les murailles, à contempler la mêlée. Lorsque le combat cessa, il fit irruption dans la salle du trône. Son frère était là. Calme. Habillé dans les habits du souverain. Cela accrut encore sa rage.

"Sako, nous ne pouvons plus soutenir Kouame, dit-il.

— Que dis-tu ? demanda Sako qui avait pourtant parfaitement entendu.

— Je dis, répéta Danga, que par ta faute, nous sommes en train de soutenir Kouame et que cela n'est pas juste. Sango Kerim est notre ami. C'est vers lui que doit aller notre fidélité.

— Sango Kerim est peut-être ton ami, dit Sako que ce tête-à-tête irritait profondément, mais il nous a offensés en venant troubler les noces de notre sœur.

— Si tu ne veux pas soutenir Sango Kerim, dit Danga, laissons-les régler cette affaire entre eux.

Qu'ils s'affrontent en duel et que le meilleur l'emporte.

— Ce serait un déshonneur, dit Sako avec mépris, nous devons à Kouame aide et hospitalité.

— Je ne prendrai pas les armes contre Sango Kerim", coupa Danga.

Sako resta silencieux. Il était pâle et semblait subir la plus humiliante des offenses. Il regardait son frère droit dans les yeux.

"Je te remercie, Danga, pour ton avis, dit-il du bout des lèvres. Tu peux disposer."

La colère envahit Danga qui se mit à hurler.

"Qui t'autorise à prendre ces airs de roi ? Le partage du royaume n'a pas été fait. Tu entraînes tout Massaba avec toi. Qui te permet cela ?"

Sako, encore une fois, prit tout son temps avant de répondre, observant avec froideur le visage tendu de son frère.

"Je suis né deux heures avant toi. Cela suffit pour que je sois roi."

Danga explosa. Il hurla que rien ne permettait à Sako de s'octroyer le pouvoir comme il le faisait. Les deux hommes se ruèrent l'un sur l'autre. Ils roulèrent à terre comme deux insectes qui luttent, emmêlés l'un à l'autre. On parvint enfin à les séparer et Danga, les cheveux hirsutes, la tunique déchirée, quitta la salle en essuyant le sang qui coulait de sa bouche.

Il rentra dans ses appartements. Donna l'ordre que l'on prépare ses affaires et que sa garde personnelle se tienne prête au départ dans le plus grand secret. Lorsqu'il eut donné ses ordres, il chercha sa sœur pour lui dire adieu. Il la trouva à l'instant même où elle venait de quitter Kouame. Danga lui annonça son désir de partir. Elle était aussi sombre que lui.

"Je pars avec toi", dit-elle simplement.

C'est dans la nuit noire de Massaba que Danga et son escorte de cinq mille hommes quittèrent la ville. Les gardes des murailles crurent à une manœuvre nocturne et ouvrirent les portes en souhaitant bonne chance aux rebelles. L'hémorragie du clan Tsongor avait commencé. Et le vieux roi, dans son tombeau solitaire, poussa un long gémissement d'entrailles que seules les colonnes des caves entendirent.

En haut des collines, dans le campement de l'armée nomade, on vit arriver la troupe de Danga avec stupeur. Les hommes qui faisaient le guet crurent d'abord à une attaque. Mais Danga demanda à voir Sango Kerim et lorsqu'il lui eut expliqué les raisons de sa présence, un immense hourra de joie secoua l'ensemble du camp. C'est alors que Samilia descendit de cheval et s'avança vers Sango Kerim. Il était blême. Il ne pouvait croire qu'elle était là. Devant lui.

"Ne souris pas en ton âme, Sango Kerim, lui dit-elle, car c'est le malheur qui se présente à toi. Si tu m'offres l'hospitalité de ton campement, il n'y aura plus de trêve. La guerre sera féroce. Et Kouame, comme un sanglier furieux, n'aura de cesse qu'il ne t'ouvre le ventre et ne fourrage tes viscères. Il me l'a dit. Et il faut le croire. Je me présente à toi et te demande l'hospitalité mais je ne serai pas ta femme. Pas avant que cette guerre ne s'achève. Je serai là. Je partagerai ces instants avec toi. Je veillerai sur toi, mais tu ne pourras jouir de moi avant que tout cela soit fini. Tu le vois, Sango Kerim, c'est le malheur qui se présente à toi et te demande l'hospitalité. Tu peux me chasser. Il n'y aurait pas de honte à cela. Cela serait même le geste d'un grand roi car tu sauverais ainsi la vie de milliers d'hommes."

Sango Kerim s'agenouilla et baisa la terre qui était entre lui et Samilia. Puis, en regardant cette femme avec le désir de toutes ces années accumulées, il lui dit :

"Ce campement est à toi. Tu y régneras comme ton père régnait sur Massaba. Je t'offre mon armée. Je t'offre mon corps. Et chacune de mes pensées. Et si tu t'appelles malheur, alors oui, je veux étreindre le malheur tout entier et ne vivre que de cela."

Dans l'immense campement de l'armée nomade, les hommes se pressaient pour essayer de voir celle pour qui la guerre avait été déclarée. Sango Kerim la présenta à Rassamilagh et à Bandiagara puis la conduisit dans une immense tente où les femmes touaregs de Rassamilagh, emmitouflées dans leurs voiles, lui préparèrent à manger et lui caressèrent le corps de leurs mains parfumées pour que le sommeil s'empare d'elle avec volupté.

Les hommes du campement, heureux de ce renfort inattendu, se mirent à chanter des chansons lointaines de leur pays. Les bribes de leur chant, portées par le vent tiède de la nuit, arrivaient jusqu'aux murailles de Massaba. Les gardes levaient la tête et écoutaient cette musique qu'ils trouvaient belle. C'est alors seulement que la nouvelle parvint jusqu'au palais. Tramon, chef de la garde spéciale, entra en plein conseil, haletant. Sako, Liboko et Kouame, en pleine discussion, levèrent la tête d'un seul mouvement.

"Danga les a rejoints, dit-il en un souffle, avec cinq mille hommes. Et Samilia."

Tout le monde s'attendait à ce que Sako hurle sa colère. Qu'il brise la table à coups de poing. Mais, à la surprise générale, il resta parfaitement calme. Et il dit simplement :

"Cette fois, c'est sûr, nous mourrons tous. Nous. Eux. Il ne restera plus personne."

Puis il demanda qu'on lui apporte les plans de la ville pour étudier l'éventualité d'un siège. Et lorsqu'on déplia devant lui la carte de Massaba, il marqua un temps d'arrêt. Car il sentait que cette ville que son père avait construite, cette ville dans laquelle il était né et qu'il aimait, allait commencer à brûler. Son père en avait imaginé les plans et supervisé les travaux. Il l'avait construite et administrée. Sako comprenait obscurément que la tâche qui lui incomberait, à lui, serait de lutter vainement contre sa destruction.

Dans la salle du catafalque, le cadavre du roi Tsongor se mit à bouger. Katabolonga savait ce que cela signifiait. Le vieux roi était là. Il voulait parler. Il prit la main du cadavre, se pencha sur son corps et écouta ce que le mort avait à dire.

"Dis-moi, Katabolonga, demanda le roi mort, dis-moi que cela n'est pas. Je suis dans le pays sans lumière. Je rôde comme un chien peureux sans oser m'approcher de la barque du passeur car je sais que je n'ai rien pour payer mon passage. J'aperçois, au loin, la rive où les ombres ne sont plus tourmentées. Dis-moi, Katabolonga, dis-moi que cela n'est pas.

— Parle, Tsongor, murmura le vieux serviteur d'une voix douce et posée, parle et je te répondrai.

— J'ai vu aujourd'hui une foule immense apparaître à mes yeux, reprit le mort. Ils sortaient de l'ombre et se sont dirigés, lentement, vers la barque du fleuve. C'étaient des guerriers hagards. J'ai observé leurs insignes ou ce qu'il en restait. J'ai regardé leurs visages. Mais je n'ai reconnu personne. Dis-moi, Katabolonga, qu'il s'agit d'une armée de pilleurs que les troupes de Massaba ont interceptés quelque part dans le royaume. Ou de guerriers inconnus qui sont venus mourir sous nos murailles sans que personne ne sache pourquoi. Dis-moi, Katabolonga, dis-moi que cela n'est pas.

— Non, Tsongor, répondit Katabolonga. Ce n'est ni une horde de pilleurs ni une armée de mourants venus s'échouer sur nos terres. Ce sont les morts de la première bataille de Massaba. Tu as vu passer sous tes yeux les premiers écorchés de Kouame et de Sango Kerim, mêlés les uns aux autres dans une pauvre colonne de révulsés.

— Alors la guerre est là et je n'ai rien empêché, dit Tsongor. Ma mort n'a servi à rien. A rien d'autre qu'à me dérober au combat. Ils doivent me traiter de lâche, mes fils et les habitants de Massaba.

— J'ai parlé comme tu me l'avais demandé, répondit Katabolonga. Mais je n'ai rien pu empêcher. C'est la guerre.

— Oui, dit le roi. Je l'ai vue. Là. Dans les yeux de ces ombres qui se pressaient. Je pouvais la sentir en eux. Malgré leurs plaies, malgré leur mort, ils voulaient encore se battre. J'ai vu toutes ces ombres qui marchaient d'un même pas se défier du regard. Ils étaient comme des chevaux écumants qui ne veulent que se mordre. Oui, la guerre était en eux. Et chez les miens aussi, sûrement.

— Oui, Tsongor, chez les tiens aussi.

— Dans les yeux de mes fils. Ceux de mes amis. Et dans tout mon peuple. L'envie de mordre.

— Oui, Tsongor. Dans les yeux de chacun d'entre eux. Elle est là.

— Je n'ai rien réussi, Katabolonga. C'est ma punition qui vient maintenant. Chaque jour. Chaque jour je verrai venir à moi les guerriers tombés sur le champ de bataille. Je les contemplerai pour essayer de les reconnaître. Je les compterai. Ce sera mon châtiment. Ils défileront tous ici. Et je resterai là, horrifié par ces cohortes qui, jour après jour, viendront peupler le pays des morts.

— Jour après jour, ta ville se videra. Nous les compterons nous aussi, les morts. Chaque jour. Pour voir qui de nos amis manque et sur qui il faut pleurer.

— C'est la guerre, dit Tsongor.

— Oui. La guerre. Qui brille dans les yeux des armées, répondit Katabolonga.

— Et je n'ai rien pu empêcher, ajouta Tsongor.

— Rien, Tsongor, répondit Katabolonga, malgré ta vie sacrifiée."

CHAPITRE IV

LE SIÈGE DE MASSABA

Le matin du deuxième jour, la guerre reprit et avec elle les plaintes qui émanaient de la terre saccagée. Les hommes de Sango Kerim étaient prêts à combattre depuis l'aube. Ils sentaient que le sort leur était favorable. Ils le sentaient dans le vent qui leur caressait la peau. Rien ne pouvait les arrêter. Ils étaient l'armée hirsute des étrangers venus des quatre coins du continent pour faire tomber les hautes tours de la cité.

Du côté de Massaba, Sako et Liboko s'étaient joints au jeune Kouame. Les deux armées marchaient côte à côte. Celle des terres du sel, avec Barnak, Arkalas et Kouame, et celle de Massaba. Tramon dirigeait la garde spéciale. Liboko commandait aux soldats blanc et rouge. Et Gonomor prit la tête des hommes-fougères. Une centaine d'hommes, à peine, recouverts de feuilles de bananier de la tête aux pieds, portant autour du cou de lourds coquillages et, dans la main, d'énormes masses que personne d'autre qu'eux ne pouvait soulever et qui, lorsqu'elles s'écrasaient sur le crâne de leurs ennemis, faisaient un bruit horrible de pilon.

Les deux armées se faisaient face dans la plaine de Massaba. Avant que le signal de la charge ne soit donné, Bandiagara descendit de cheval. Il venait d'une lignée où chaque homme était dépositaire d'un maléfice. Un seul. Transmis de père en fils. Il sentit qu'il était temps, pour lui, d'appeler les esprits de ses aïeux et de frapper l'armée ennemie de son sort. Il s'agenouilla à terre et versa sur le sol de la liqueur de baobab. Il souleva la poussière et s'en imprégna le visage, en répétant sans cesse : "Nous sommes les fils du baobab que rien ne peut corrompre car nous avons été nourris par les racines acides de nos ancêtres, nous sommes les fils du baobab que rien ne peut corrompre…" Puis il se pencha de tout son être contre le sol et écouta ce que ses aïeux avaient à lui dire. Ils lui révélèrent le mot imprononçable qu'il lui faudrait écrire dans l'air pour que son maléfice se réalise. Alors seulement, il remonta sur son cheval et Sango Kerim donna le signal de l'attaque.

L'armée nomade fondit comme un essaim carnivore sur les lignes adverses. Les armées de Kouame et de Sako attendaient, le pied enfoncé en terre, sans bouger. Ils attendaient, le bouclier en avant, prêts à recevoir l'estoc. A la vue de cette masse de pics et d'épées qui couraient sur eux, ils recommandèrent leur âme à la terre. Le choc fut terrible. La charge des bêtes renversa les hommes et éventra les boucliers. Ils étaient engloutis sous les sabots. Les attaquants, comme une vague que rien n'arrête, leur marchaient dessus. Nombreux furent ceux qui périrent ainsi, disloqués par le poids de l'ennemi, asphyxiés sous la mêlée, écrasés par des chars qui percutaient de plein fouet les lignes. Cette charge immense frappa les armées de Massaba comme un coup de masse donné en pleine tête. Et elles reculèrent sous l'énorme élan de l'ennemi. Alors commença le corps à corps immonde des combattants qui s'égorgent. Partout les hommes de Kouame et Sako périssaient. Ils avaient peur. La vision de cette charge qui les avait broyés avait fait naître en eux la terreur. Ils étaient moins sûrs au combat. Leur corps hésitait. Ils cherchaient du regard un appui tandis qu'en face, l'armée nomade continuait d'avancer sous la poussée d'une prodigieuse fureur. Seuls les mâcheurs de khat se battaient avec bravoure. Les drogues, en eux, avaient dissipé toute peur. Ils ne s'occupaient de rien d'autre que de donner des coups.

Les chiennes de guerre d'Arkalas se battaient avec rage. Mais un destin horrible les attendait. Bandiagara les engloba du regard, ces milliers d'hommes travestis qui lui faisaient horreur, et il dessina dans l'air le mot secret que ses aïeux lui avaient confié. Brusquement leurs esprits se voilèrent. Ils se regardaient les uns les autres et voyaient en leurs frères un ennemi à exterminer. Les chiennes, alors, se ruèrent les unes sur les autres, persuadées de continuer le combat, laissant, à côté d'elles, les véritables ennemis. Et ce fut le spectacle horrible d'une armée qui s'entre-déchire. Les hommes d'Arkalas, tout peignés et apprêtés, se jetaient les uns sur les autres et se mordaient la chair jusqu'à la mort. Ils riaient de démence en se tuant. Dansaient parfois sur le corps de leur ami d'enfance. Et Arkalas lui-même, comme un ogre fou, cherchait des yeux partout quelqu'un de son clan pour lui ouvrir les flancs et boire son sang. Lorsque le reste de l'armée comprit que non seulement les hommes d'Arkalas ne combattaient plus mais qu'en plus, ils s'entre-mutilaient, la panique courut d'un point à un autre du front. Tous alors se mirent à courir pour échapper à la mort. Les cris ulcérés de Kouame ne parvenaient à retenir personne. Chacun ne pensait plus qu'à sauver sa vie. Les cavaliers piquèrent les flancs de leur monture. Les guerriers jetèrent à terre leur bouclier et leurs armes pour pouvoir courir plus vite. Ils se ruaient tous vers les portes de Massaba pour se mettre à l'abri. Tramon périt. Arrêté dans sa course par Sango Kerim qui lui planta en plein dos sa longue lance affûtée. La vie s'échappa de lui et il s'écroula à terre, la pique bien droite dans la colonne vertébrale.

L'armée était en déroute, pressée par les glaives ennemis qui marchaient sur ses talons et fauchaient tous ceux qui étaient trop lents. Seul Arkalas, combattant horrible et dérisoire, luttait encore. Il tua le dernier de ses hommes, d'un coup de masse qui lui broya les cervicales. Alors seulement le sort de Bandiagara se dissipa et Arkalas recouvra ses esprits. Il vit, à ses pieds, des dizaines d'hommes qu'il connaissait. Il était juché sur une montagne de corps. Et le sang qui lui couvrait le visage avait le goût familier des siens. Il serait resté là, écrasé de terreur, la tête dodelinant, le visage baigné de pleurs, si Gonomor ne l'avait emmené avec lui, escorté par les hommes-fougères, pour le mettre à l'abri dans l'enceinte de Massaba.

Lorsque le dernier fuyard fut entré dans Massaba et que le battant énorme de la porte fut refermé, une immense clameur de joie retentit dans la plaine. La moitié des hommes de Massaba avaient été massacrés. A l'intérieur des murailles, personne ne parlait. Les guerriers reprenaient leur souffle. Et lorsque enfin ils parvenaient à nouveau à respirer, ils se mettaient à pleurer. En silence. Et leurs mains, leurs jambes, leur tête tremblaient comme tremble le corps des vaincus.

Dans la panique du repli, les hommes de Kouame avaient abandonné leur campement sur les collines sud de Massaba et c'est avec dégoût qu'ils virent, du haut des murailles, les cavaliers de Rassamilagh contourner la ville et s'emparer de leurs tentes, de leurs vivres et de leurs bêtes. Tout était perdu. Il n'y avait plus rien à faire. Des hurlements de joie leur parvinrent de là-bas et achevèrent de leur apporter la désolation. Arkalas, surtout, faisait peine à voir. Il déambulait sur les remparts, en murmurant le nom des siens. Il hurlait de douleur et se griffait la peau en maudissant le ciel. Il vomissait par-dessus les murailles à la seule idée de ce qu'il avait fait. Il se frappait le front contre les murs en hurlant.

"Bandiagara, apprête-toi à souffrir. Bandiagara, tu prieras pour mourir lorsque je te tiendrai entre mes doigts. Que le ciel m'accorde désormais d'être pour mes ennemis le pire des fléaux. Que je sois celui qui ne craint plus les coups et ne recule jamais."

Une profonde torpeur écrasait Massaba. Le poids du malheur étouffait les esprits. Les hommes ne voulaient plus rien. Ils n'avaient plus aucune force. Ils se seraient tous laissé porter par la mollesse du désespoir si Barnak, le vieux mâcheur de khat, ne s'était levé et ne les avait sortis de leur torpeur. Il parla de tout ce qu'il restait à faire. Du temps qui était précieux et de la nécessité de s'organiser pour les combats du lendemain. Alors, sous l'impulsion du vieillard hirsute qui roulait des yeux de drogué, la cité de Massaba se réveilla et prépara son siège. Tous les habitants participèrent. De longues colonnes d'hommes et de femmes travaillèrent toute la nuit. Les portes furent fortifiées. Les brèches dans les murailles colmatées. On organisa le rationnement. Dans les caves immenses du palais, on entreposa les réserves de nourriture. Le blé. L'orge. Les jarres d'huile. La farine. Les caves des habitations furent aménagées en réservoirs d'eau. La ville entière prit des airs de place forte. Les rues bruissaient du cliquetis des armes et du martèlement des sabots sur le pavé. On se préparait pour un long siège. Qui creuserait le visage des habitants et fissurerait les murailles de faim.

Cette nuit-là, après la razzia que Rassamilagh fit sur les collines du Sud, un conseil fut organisé dans le camp des nomades. On distribua les butins de guerre. Puis, alors que Sango Kerim, Danga et Bandiagara buvaient un doux alcool de myrte des sables, Rassamilagh se leva et déclara :

"Sango Kerim, le doux alcool que tu bois est celui de la victoire et je bénis ce jour qui a vu notre armée enfoncer les lignes ennemies. Il est temps de décider maintenant de ce que nous ferons demain. Pour ma part, je dirai mon opinion sans détour. J'ai longuement réfléchi. Levons le camp. Quittons ces terres. Nous avons eu ce que nous voulions. Nous avons humilié l'adversaire au combat. Tu as obtenu la femme que tu étais venu chercher. Il n'y a plus rien à attendre de cette guerre."

Bandiagara bondit de son siège et répondit à Rassamilagh.

"Comment peux-tu dire une chose pareille ? Quel genre de guerrier es-tu pour vouloir renoncer au butin lorsque tu as obtenu la victoire ? Massaba est là. Elle est à nous. Le prix de nos combats nous attend. Pour ma part, je le dis ici, j'attends le jour de recevoir mon dû et de le recevoir de la main de Sango Kerim. Et je ferai tout pour que ce jour soit demain.

— Il a raison, ajouta Danga. Le plus dur est derrière nous. Il ne nous reste plus qu'à prendre Massaba. Cette ville, je vous l'ouvrirai de mes propres mains.

— Je ne me bats pas pour le butin, reprit Rassamilagh, je me bats parce que Sango Kerim me l'a demandé. Il est venu chercher ici une femme qui lui avait été promise. Cette femme est maintenant parmi nous. Je ne suis pas venu ici pour faire tomber une ville. C'est une autre guerre qui commence aujourd'hui. Et je ne sais pas ce que nous pouvons en attendre.

— Le pouvoir", dit Danga, avec froideur.

Rassamilagh regarda longuement Danga. Sans haine. Mais avec distance.

"Je ne te connais pas, Danga, dit-il finalement. Nous sommes alliés par l'amitié que nous portons tous deux à Sango Kerim, mais ce n'est pas pour toi que je me bats. Que me fait à moi que ce soit toi ou ton frère qui règne sur Massaba ? Ne l'oublie pas, Danga. Je ne fais rien pour toi."

C'est alors que Sango Kerim prit la parole.

"De quoi aurais-je l'air, Rassamilagh, si je partais cette nuit, emportant comme un voleur la femme que je suis venu chercher ? Elle est la fille du roi Tsongor. Ce ne sont pas les sentiers nomades du désert que je veux lui offrir pour dot, mais sa ville reconquise. Elle ne saurait vivre ailleurs. Son père me maudirait entre ses dents de mort s'il apprenait que j'ai fait de son héritière une errante. Cette ville est à nous. Il n'y a pas de victoire si nous ne parvenons pas à la prendre.

— J'ai dit ce que j'avais à dire et je ne regrette pas d'avoir parlé, répondit Rassamilagh. Aucun de vos arguments ne me convainc. C'est le goût de la victoire que j'entends dans vos bouches. Je le reconnais. Mais je vois que je suis le seul à penser au départ. N'ayez crainte. Je resterai avec vous.

Rassamilagh n'est pas un lâche. Mais souvenez-vous de cette nuit où tout aurait pu s'arrêter et priez pour que nous n'ayons jamais à regretter sa douceur de myrte."

C'est ainsi que la guerre se prolongea. Et que le lendemain matin, les armées nomades, à nouveau, se présentèrent face aux murailles de Massaba. Les hommes de la ville se pressaient sur les remparts. Ils avaient préparé toute la nuit des chaudrons d'huile et des pierres meurtrières pour repousser les assauts de l'ennemi.

A l'instant où Sango Kerim allait donner le signal de la charge, on entendit un hurlement qui venait de la foule des guerriers.

"Les cendrés… Les cendrés… !"

Tout le monde se retourna. Une troupe d'hommes, en effet, arrivait sur la colline la plus éloignée. C'était Orios qui commandait aux cendrés. Un peuple sauvage qui vivait dans les hautes montagnes de Krassos. Ils avaient promis à Sango Kerim leur concours mais n'étaient jamais venus. C'était une armée redoutable de deux mille hommes. Sango Kerim sourit et se dressa sur ses jambes pour saluer Orios. Les cavaliers cendrés arrivaient, en effet, mais au fur et à mesure qu'ils s'approchaient, un murmure de stupéfaction gagnait les rangs de l'armée. Ce n'était pas la grande armée d'Orios qui se présentait à eux mais une poignée d'hommes empoussiérés. Ils étaient une centaine. A peine. Le visage amaigri. Les armes émoussées. C'était une petite troupe de cavaliers ahuris. Orios s'avança jusqu'à Sango Kerim et lui dit :

"Je te salue, Sango Kerim. Ne me regarde pas ainsi. Je sais que ce n'est pas cette poignée d'hommes que tu attendais. Je te raconterai, si tu le désires et si les dieux me prêtent vie, les épreuves que nous avons endurées pour venir jusqu'à toi. Sache seulement que c'est à la tête de mon armée entière que j'ai quitté les monts Krassos et qu'il ne reste aujourd'hui que ceux-ci. Mais les hommes que tu vois ont subi tant de combats, ils ont enduré tant de privations et de douleurs pour venir ici que plus rien maintenant ne saurait les arrêter. Chacun d'eux, crois-moi, vaut cent de tes hommes.

— Je te salue, Orios, toi et chacun de tes guerriers. J'écouterai avec soif le récit de vos épreuves lorsque nous aurons mis à sac Massaba. Pour l'heure, allez au campement. Reposez-vous. Faites paître vos montures. Et attendez que le soleil se couche et que nous revenions du combat. Alors nous boirons ensemble le vin des frères et je laverai moi-même tes pieds meurtris par les contrées que tu as traversées, pour te remercier de ta fidélité.

— Je n'ai pas traversé un continent entier, répondit Orios, pour venir me coucher pendant que vous vous battez. Ces cent hommes-là sont devenus, je te l'ai dit, des bêtes sauvages que plus rien ne fatigue. Montre-nous la muraille que nous devons abattre et que l'heure du combat sonne pour nous."

Sango Kerim acquiesça et fit ranger la troupe des cendrés à ses côtés. Puis, fort de ce nouveau soutien, il se rua dans la plaine, entraînant avec lui des milliers d'hommes qui engloutissaient la terre sous leurs pieds.

Le gros de la troupe se précipita sur la porte centrale dans l'espoir de la faire céder. Pendant ce temps, Danga, qui connaissait mieux que personne la cité, tenta d'y pénétrer par la vieille porte de la tour. Tout semblait sourire aux armées nomades. Tandis que les combattants de la ville se pressaient à l'est pour essayer d'endiguer la vague des assaillants, Danga et sa garde personnelle défoncèrent sans difficulté le bois vermoulu de la porte de la Tour, et c'est dans les premières rues de la ville qu'eurent lieu les combats. Immédiatement la nouvelle parvint jusqu'à Sako et Kouame. La porte de la Tour avait cédé et Danga avait pénétré dans la ville. Ils n'avaient que peu d'hommes à opposer à cette attaque. Dégarnir la muraille, c'était risquer d'être engloutis par l'ennemi. Ils ordonnèrent donc au vieux Barnak et à ses guerriers drogués de tenir tête, seuls, à Danga. Et aux mâcheurs de khat se joignit Arkalas qui semblait être devenu, depuis la reprise des combats, un démon enragé.

La bataille fut horrible et dura tout le jour. A la poussée fiévreuse de Danga, Arkalas et Barnak opposaient une résistance tenace. Le mur qu'ils formaient semblait infranchissable. Danga enrageait. Le palais était là. A cinq cents mètres à peine. Il le voyait. Il lui suffisait de passer cette poignée d'hommes pour reprendre la ville à son frère. Mais rien n'y faisait. Arkalas se battait comme un dément. Il haranguait ses ennemis. Les provoquait. Venait les chercher lorsque ceux-ci hésitaient à attaquer. Le vieux Barnak, ivre de drogue, semblait danser entre les morts. Aucune pique, aucune flèche ne pouvait l'atteindre. Il parait tous les coups. Et ses compagnons semblaient animés par une vigueur de danseurs en transe. Danga, petit à petit, reculait. Alors, furieux de ne pas parvenir à pénétrer dans Massaba, il ordonna aux siens de tirer sur les maisons environnantes des flèches enflammées. Il mit le feu où il pouvait et le feu, comme une gangrène, se propagea de toit en toit, libérant, partout, une immense fumée. Les habitants, terrorisés, couraient d'un point à un autre, avec de pauvres récipients. Arkalas et Barnak avaient repoussé Danga et colmaté la brèche, mais le feu désormais mangeait la cité.

C'est lorsqu'ils furent remontés dans les collines à la tombée du jour que Sango Kerim et ses hommes s'aperçurent que la ville brûlait. Ils voyaient le spectacle de ces milliers d'hommes qui tentaient de lutter contre des flammes plus hautes que les tours. Les lourdes nappes de fumée qui s'élevaient de Massaba leur apportaient l'odeur triste des maisons disparues dans le brasier. La nuit tombait et Massaba hurlait comme un homme brûlé au visage.

Lorsque Danga arriva enfin, heureux, malgré tout, de la terreur qu'il avait su provoquer dans la ville, Samilia l'attendait. Immobile, les yeux rivés sur lui. Et lorsqu'il descendit de cheval, elle le gifla, devant tous ses hommes et devant les chefs de l'armée réunis.

"C'est ainsi que tu rends les hommages funéraires à ton père. Je crache sur ton crâne qui a pensé pareille stupidité."

Sango Kerim, mortifié par le spectacle des flammes qui rongeaient la cité de son enfance, promit à Samilia qu'aucune attaque ne serait lancée tant que les habitants de Massaba ne seraient pas venus à bout de l'incendie. Mais un masque de douleur était tombé sur le visage de Samilia, que rien ne pouvait faire disparaître.

Dans la salle mortuaire du palais, Katabolonga était descendu auprès du cadavre du roi. Il appliquait sur le corps du mort des bandelettes mouillées pour que celui-ci ne cloque pas et ne finisse pas par prendre feu. Et le roi Tsongor se demanda, tout d'abord, ce que Katabolonga voulait à son vieux corps mort.

"A quoi te sert, Katabolonga, de faire ce que tu fais ? demanda-t-il. Est-ce que tu caresses mon cadavre ? Est-ce que tu me couvres d'huile ? Je ne sens rien. Et tu n'as pas besoin de t'occuper, ainsi, de moi. A moins que le temps n'ait passé plus vite que je ne l'ai cru et que mon corps ne commence à se décomposer malgré les baumes et les onguents. Que fais-tu, Katabolonga, et pourquoi ne me réponds-tu pas ?"

Katabolonga entendait la voix du vieux Tsongor mais il ne pouvait répondre. Ses lèvres tremblaient. Il gardait la tête baissée et continuait à humidifier le cadavre. Il faisait chaud. Et la sueur lui coulait du front. A ces gouttes de sueur se mêlaient des larmes qu'il ne parvenait pas à retenir. Elles tombaient sur le corps du vieux roi. Elles rafraîchissaient la dépouille du souverain. Tsongor à nouveau s'inquiéta de ce silence.

"Pourquoi ne me parles-tu pas, Katabolonga ? Que se passe-t-il à Massaba ?"

Katabolonga ne pouvait se taire plus longtemps.

"Si ta peau pouvait sentir le chaud et le froid, tu ne demanderais rien, Tsongor. Si tu pouvais inhaler l'air de cette pièce, tu n'aurais rien à apprendre de moi.

— Je suis sans saveur, Katabolonga. Parle. Dis-moi.

— Tout brûle, Tsongor. Massaba est en flammes. Et la chaleur de l'incendie me fait tousser jusqu'ici. C'est pour cela que je m'agite auprès de toi. Tu ne sens pas. Ta peau est brûlante. Comme la pierre tout autour de toi. Tu ne tarderas pas à cloquer et à t'embraser d'un coup si je ne fais ce que je dois. Je te couvre le corps de bandelettes mouillées. Je t'asperge d'eau. Pour que tu ne flambes pas."

Le vieux roi resta sans voix. Du fond de sa nuit, il ferma les yeux. Il lui semblait sentir, maintenant, l'odeur de l'incendie. Il la laissa l'envahir tout entier. Oui. Il était maintenant dans la fumée épaisse. Face à de hautes flammes scintillantes. L'odeur de brûlé tout autour de lui, il la sentait. Alors tout doucement il parla à nouveau, comme un somnambule effaré par le rêve qu'il traverse.

"Oui. Je vois. Tout brûle. Les flammes ont commencé petites mais le vent s'est levé et elles bondissent d'un toit à l'autre, mangeant la ville par quartiers. Mon palais est attaqué. Le feu lèche les murs et s'accroche aux tapisseries qui finissent par crouler au sol dans un nuage d'étincelles. Oui, je vois. De la terrasse du palais, c'est un vaste brasier qui s'étend à mes pieds. Les maisons cèdent dans un grand soupir de bois. Dans les quartiers populaires, il ne reste déjà presque plus rien. Le feu s'est propagé là-bas plus vite qu'ailleurs. Les hommes y avaient construit peu de murs en pierre. Ce n'étaient que baraques de bois, échoppes et tentes entassées. Tout s'est envolé. Oui, je vois. Les hommes qui se débattent et luttent contre des murs de feu.

Tout brûle et tout gémit. Ma ville. Ma pauvre ville. Je l'ai construite. Année après année. J'en ai dessiné moi-même les plans. J'ai surveillé les travaux. J'ai arpenté ses rues jusqu'à en connaître chaque recoin. Elle était mon visage de pierre. Si elle brûle, Katabolonga, si elle brûle, c'est ma vie qui part en fumée. Je voulais construire un empire sans limites. Bâtir une capitale qui plongerait mon père et son petit royaume dans une préhistoire lointaine. Si Massaba brûle, je redeviens aussi petit que lui. Je suis comme lui le tyran d'une terre laide et étriquée. Si elle brûle, je n'ai rien offert aux miens.

— Tu as offert, Tsongor, mais on brûle tes présents", répondit Katabolonga.

Le roi Tsongor se tut à nouveau. Katabolonga avait fini son œuvre. Le corps du roi mort était maintenant humide et hors de danger. C'est alors que Katabolonga entendit Tsongor parler à nouveau. Mais sa voix était lointaine. Il dut se pencher sur le visage du mort pour entendre ce qu'il murmurait.

"Ça y est, dit Tsongor, ça y est, je les vois. Ils arrivent. Ils sont là. Les premiers brûlés de Massaba. Des femmes. Des enfants. Des familles entières au visage calciné. Ce sont les miens. Je les reconnais. Le feu les a tués. Ils ont la peau ravagée et le regard éteint. Je suis le roi d'un peuple incendié, Katabolonga. Est-ce que tu les vois, comme moi ? Tu t'es trompé, Katabolonga. Ce n'est pas sur moi qu'il faut appliquer tes bandelettes. Ce n'est pas ma peau qui a besoin d'être étanchée. C'est celle des brûlés de Massaba. Ce sont eux que tu dois caresser. Est-ce que tu les vois ? Je n'ai rien. Vous voyez ? Je n'ai rien à vous offrir. Mais je pleure sur vous. Les brûlés de Massaba. Et je pose délicatement chacune de mes larmes sur vos corps suppliciés en espérant qu'elles pourront vous soulager."

La voix de Tsongor se perdit. Katabolonga se releva. Il vit alors que le cadavre du roi pleurait.

De grosses larmes d'eau pour soulager la peau des brûlés. Tandis qu'au-dehors la ville continuait de se tordre dans les flammes.

Pendant une semaine, les maisons brûlèrent. Et pendant une semaine, la guerre fut suspendue. Les assiégés luttaient, jour et nuit, contre l'incendie. Et l'armée nomade contemplait, interdite, le spectacle de cette splendeur de pierre qui partait en fumée. Au septième jour, enfin, les flammes furent vaincues. Les habitants de Massaba portaient tous, sur le visage, un masque noir de fumée. Les cheveux brûlés, la peau tannée par la chaleur des flammes, les vêtements couverts de suie, ils étaient épuisés. Des rues entières étaient couvertes de braises. Des maisons s'étaient effondrées. Aux amas de pierres se mêlait la silhouette de poutres noircies. Une partie des réserves était perdue. Il ne restait plus rien. Plus rien que le souvenir terrifiant de ces flammes gigantesques qui, bien des jours après, continuèrent encore de danser dans l'esprit des habitants épuisés.

Loin de l'incendie de Massaba, Souba continuait sa route. Il approchait de Saramine, la ville suspendue. Il apercevait déjà ses hautes murailles blanches. Saramine était, après Massaba, la deuxième perle du royaume. Une ville élégante construite dans une pierre pâle qui prenait, à la lumière du soir, des éclats rosés. Une ville construite sur de hautes falaises qui dominaient la mer.

Le vieux Tsongor avait aimé cette ville. Il y avait souvent séjourné. Sans jamais y ordonner de changement. Durant toute sa vie il s'était tenu, à dessein, éloigné de la gestion de la citadelle. Pour que rien en elle ne porte sa marque. Il ne voulait pas se l'approprier. La citadelle de Saramine était belle à ses yeux parce qu'elle ne lui ressemblait pas. C'est pour cela qu'il aimait y venir. Il y était comme un étranger. Curieux de chaque bâtiment. Admiratif de l'architecture, de la lumière et de cette étrange élégance sur laquelle il veillait mais qui ne lui devait rien. Il avait offert cette ville à un de ses plus vieux compagnons : Manongo. Mais après quelques années de règne, Manongo mourut, emporté par la fièvre. La coutume aurait alors voulu que Tsongor nomme un autre chef de guerre à sa tête. Un autre compagnon de longue date. Pour le remercier de sa fidélité. Et montrer à tous de quels présents Tsongor couvrait ceux qui le suivaient. Mais ce n'est pas ce qu'il fit. Manongo avait réussi, par sa douceur, à s'attacher les habitants de Saramine. On le vénérait avec passion. Il avait administré sa ville avec intelligence et générosité. Tsongor vint lui-même assister aux funérailles de Manongo. Il pleura avec le peuple de Saramine. Il arpenta, en silence, les rues de la citadelle. Sous la chaleur. Au milieu d'une foule en pleurs. Il comprit à quel point son vieux camarade était aimé de cette ville et décida que le pouvoir reviendrait à Shalamar, la veuve de Manongo. Il la connaissait bien. Elle avait été, elle aussi, de tous leurs combats. Suivant partout son époux. Dans les campagnes. Dans les palais. Partageant la peur des années de guerre et le faste des années de règne. Shalamar n'avait jamais rien demandé. Elle fut la première et l'unique femme du royaume à être élevée à un tel rang. Les habitants de Saramine acceptèrent avec joie cette décision. Les années passèrent et Shalamar s'occupa de sa ville avec amour. Chaque fois que Tsongor venait en visite, il le faisait avec humilité. Se considérant comme un invité et non comme un roi. Il avait toujours voulu cela. Que Saramine croisse dans une bienveillante liberté.

Lorsque Souba pénétra dans la citadelle suspendue, la nouvelle de la mort de son père l'avait précédé. On eût dit que la ville l'attendait. Dans la grande rue, sur les places, aux croisements des ruelles, la foule regardait Souba s'approcher. Toute activité avait cessé. Plus personne, même, ne parlait à haute voix.

C'est sur la haute terrasse du palais que Shalamar reçut son hôte. L'endroit dominait la mer d'un à-pic terrifiant où planaient les oiseaux marins. Shalamar était vêtue de noir. Lorsqu'elle vit Souba, elle se leva de son trône et s'agenouilla à terre. Le fils du roi fut surpris de ce geste. Il avait appris, par son père, que Shalamar était une grande reine. Il voyait devant lui une très vieille femme, voûtée par le temps, et cette femme altière s'agenouillait devant lui. Il comprit que c'était devant l'ombre de Tsongor qu'elle se prosternait et, avec douceur et attention, il l'aida à se relever et la remit sur son trône. Elle lui présenta alors les condoléances de son peuple. Et comme Souba ne disait rien, elle fit appeler une chanteuse qui entama pour eux deux un chant funéraire. Sur cette terrasse qui dominait le monde, avec la mer qui battait les rochers au pied des falaises, Souba se laissa envahir par le chant et la peine. Et il pleura. C'était comme si son père était mort aujourd'hui, à nouveau. Le temps qui s'était écoulé depuis son départ de Massaba n'avait rien apaisé. La douleur était là. Suffocante. Il lui semblait qu'il ne parviendrait jamais à l'apprivoiser. Shalamar le laissa pleurer. Elle attendit patiemment. Se remémorant, elle aussi, tous les instants de sa vie liés à Tsongor. Puis, après un temps, elle lui demanda de venir plus près d'elle, lui saisit les deux mains comme elle l'aurait fait à un enfant et lui demanda avec une voix douce et maternelle ce qu'elle pouvait faire pour lui. Il pouvait tout demander. Au nom de son père. Au nom de son souvenir. Saramine ferait tout. Souba demanda que l'on organise onze jours de deuil dans la ville. Que des sacrifices soient faits. Il demanda que Saramine partage le deuil de Massaba, sa sœur de pierre. Puis il se tut à nouveau. Il s'attendait à ce que Shalamar donne immédiatement des ordres mais elle ne fit rien. Elle regardait la silhouette des tours et des terrasses qui se découpaient sur le bleu du ciel et de la mer mêlés. Puis elle se tourna vers Souba. Son visage avait changé. Ce n'était plus celui d'une vieille femme attristée. Quelque chose de plus dur et de plus altier se dégageait maintenant de ses traits. C'est alors qu'elle se mit à parler avec une voix de caverne qui charriait toute une vie de peines et de douceur.

"Ecoute-moi, Souba, écoute bien ce que je vais te dire. Ecoute-moi comme un fils écoute sa mère. Ce que tu demandes, au nom de Tsongor, je le ferai. Mais ne me demande pas cela. Tu n'as pas besoin d'ordonner quoi que ce soit pour que le deuil s'abatte sur Saramine. Tsongor est mort et c'est pour moi comme si toute une partie de ma vie venait de glisser, doucement, dans la mer. Nous le pleurerons. Et notre deuil durera plus de onze jours. Laisse-nous cela. Laisse-nous organiser les cérémonies funéraires comme nous l'entendons. Et tu verras que ton père sera pleuré comme il se doit. Ecoute-moi, Souba, écoute Shalamar. Je connaissais ton père. S'il t'a envoyé sur les routes de son royaume, ce n'est pas pour faire de toi le messager de sa mort. Il n'est pas besoin de toi pour que le royaume entier se mette à grimacer. Je connaissais ton père. Il n'a pas pu penser qu'il faudrait la vigilance d'un de ses fils pour que Saramine le pleure. C'est autre chose qu'il attendait de toi. Laisse-nous le deuil, Souba. Nous nous en acquitterons. Abandonne-le ici. A Saramine. Ton père ne t'a pas élevé pour que tu pleures. Il est temps que tu te défasses du deuil. Ne sois pas irrité par mes paroles. J'ai connu moi aussi, plus d'une fois, la douleur de la perte. Je sais le voluptueux vertige qu'elle procure. Il faut te faire violence et déposer le masque de pleurs à tes pieds. Ne cède pas à l'orgueil de celui qui a tout perdu. Tsongor aujourd'hui a besoin d'un fils, pas d'une pleureuse."

Elle se tut. La tête de Souba tournait. Plusieurs fois, tandis que Shalamar parlait, il avait voulu l'interrompre. Il se sentait offensé. Mais il avait écouté

jusqu'au bout car il y avait dans sa voix une autorité naturelle et pénétrante qui lui disait qu'elle
avait raison. Il restait devant elle, interdit. Cette
vieille femme aux mains ridées, cette vieille femme
souveraine venait de le gifler de sa voix rauque.

"Tu as raison, Shalamar, répondit-il. Tes paroles
brûlent mes joues mais j'entends que c'est dans ta
bouche qu'est la vérité. Oui, Shalamar. A toi le
deuil et les pleureuses. Faites ce que vous vou-
drez. Que Saramine fasse comme bon lui semble.
Comme elle a toujours fait. Tu as raison. Tsongor
ne m'a pas envoyé ici pour pleurer. Il m'a demandé
de construire, de par son royaume, sept tombeaux. Sept tombeaux pour dire ce qu'il fut. C'est
ici que je veux construire le premier. Dans cette
ville qu'il aimait. C'est ici, oui, que commence mon
immense chantier. Tu as raison, Shalamar. La pierre
m'appelle. Je vous laisse les pleurs."

Lentement, il plia le long voile noir que les
femmes de Massaba lui avaient offert et il le
déposa dans les mains de la vieille reine. Elle
avait retrouvé son visage de mère. Elle souriait
devant ce jeune homme qui avait eu la force de
l'écouter. Elle prit le voile puis fit signe à Souba
de s'approcher et, tandis qu'elle l'embrassait sur
le front, elle lui murmura :

"N'aie pas peur, Souba. Fais ce que tu dois. Je
pleurerai pour toi. Tout Saramine pleurera pour
toi. Tu peux aller en paix. Et affronter la pierre."

Le siège de Massaba se poursuivait. De jour en jour, tandis que les guerriers de Kouame et de Sako tentaient de repousser l'ennemi sur les remparts, les habitants, eux, débarrassaient les gravats, nettoyaient les rues, exhumaient des ruines encore tièdes ce que les flammes avaient épargné. Les récipients de gravats, de cendres et de débris étaient utilisés pour repousser l'ennemi. On les jetait à pleine volée sur les assaillants. Massaba vomissait de longues coulées de poussière et de cendres du haut de ses murailles.

A l'intérieur, la vie s'était organisée. Tout était assujetti à l'économie de guerre. Les chefs donnaient l'exemple. Kouame, Sako et Liboko vivaient avec mesure. Ils mangeaient peu. Partageaient leurs rations avec leurs hommes. Aidaient à tous les travaux d'aménagement. Il n'y avait pas d'issue. La ville était encerclée. Les réserves s'épuisaient. Mais tous faisaient mine de ne pas y penser et de croire qu'une victoire était encore possible. Les semaines passaient. Les visages se creusaient. Et aucune victoire ne venait. Chaque jour, les guerriers de Massaba parvenaient, au prix d'un effort chaque fois renouvelé, à repousser les assaillants. Personne, depuis l'intrusion de Danga, n'avait réussi à mettre à bas une porte ou à prendre un bout de muraille.

Dans le camp des nomades, les hommes perdaient patience. Bandiagara et Orios, surtout, maugréaient contre ces murs qui ne voulaient pas tomber. Ils pressaient Sango Kerim pour qu'il réitère la stratégie qui avait si bien fonctionné avec Danga. Les forces de Massaba étaient trop peu nombreuses pour pouvoir soutenir des attaques sur un front étiré. Il suffisait d'attaquer en deux ou trois points différents. Sango Kerim accepta. Tout fut préparé pour un énième assaut sur Massaba. Bandiagara prit le commandement de la première attaque. Danga menait la seconde. Orios et Sango Kerim devaient frapper en un endroit déserté de la muraille.

La bataille s'engagea et à nouveau, ce furent les cris d'hommes blessés, les hurlements poussés pour se donner du courage, les appels à l'aide, les insultes et le cliquetis des armes. A nouveau la sueur perla sur les fronts. L'huile ruissela sur les corps. Des cadavres cloqués gisaient au pied des murailles.

Les cendrés se ruèrent sur la porte de la Chouette comme des ogres. Ils étaient une cinquantaine mais rien ne semblait pouvoir leur résister. Ils éventrèrent les tenants de la porte cloutée et écrasèrent les gardes surpris de se trouver face à de tels géants. Pour la seconde fois, les nomades pénétrèrent dans Massaba, et pour la seconde fois la panique gagna les rues de la ville. La nouvelle courut de maison en maison. Que les cendrés avançaient. Qu'ils tuaient tout sur leur passage. Lorsqu'elle parvint jusqu'à lui, le jeune Liboko se précipita au-devant des ennemis. Une poignée d'hommes de la garde spéciale de Tsongor le suivit. La rage illuminait son visage. Ils tombèrent sur la troupe des cendrés au moment où ces derniers envahissaient la place de la Lune – une petite place où se réunissaient autrefois les diseurs de bonne aventure et où bruissait, les nuits d'été, le doux murmure des fontaines. Liboko, comme un démon, se rua sur l'ennemi. Il perça des ventres, sectionna des membres. Il transperça des torses et défigura des hommes. Liboko se battait sur son sol, pour défendre sa ville et l'ardeur qui l'animait semblait ne jamais devoir le quitter. Il frappait sans cesse. Eventrant les lignes ennemies de toute sa fureur. Les ennemis tombaient à la renverse sous la force de ses charges. Soudain, il suspendit son bras. Un homme était à ses pieds. Là. A sa merci. Il pouvait lui fendre le crâne mais ne le faisait pas. Il resta ainsi. Le bras suspendu. Un temps infini. Il avait reconnu son ennemi. C'était Sango Kerim. Leurs yeux se croisèrent. Liboko regardait le visage de cet homme qui, pendant si longtemps, avait été son ami. Il ne pouvait se résoudre à frapper. Il sourit doucement. C'est alors qu'Orios s'élança. Il avait vu toute la scène. Il voyait que Sango Kerim pouvait mourir à tout moment. Il n'hésita pas et de tout le poids de sa masse, écrasa le visage de Liboko. Son corps s'affaissa. La vie, déjà, l'avait quitté. Un puissant grognement de satisfaction sortit de la poitrine d'Orios. Sango Kerim, abattu, s'effondra à genoux. Il lâcha ses armes, enleva son casque et prit dans ses bras le corps de celui qui n'avait pas voulu le tuer. Son visage était un cratère de chair. Et c'est en vain que Sango Kerim y cherchait le regard qu'il avait croisé quelques secondes auparavant. Il pleurait sur Liboko tandis que la bataille faisait rage autour de lui. La garde spéciale avait assisté à la scène et une fureur profonde souleva les hommes. Ils poussèrent de toutes leurs forces les cendrés. Ils voulaient récupérer le corps de leur chef. Ne pas l'abandonner à l'ennemi. Ils voulaient l'enterrer avec ses armes auprès de son père. Et devant leur violente poussée, Orios dut reculer. Ils abandonnèrent le corps. Ils abandonnèrent la place de la Lune, ils prirent avec eux Sango Kerim qui n'avait plus de force et ressortirent de l'enceinte pour échapper aux hommes de la garde qui les poursuivaient en hurlant.

La nouvelle de la mort de Liboko s'abattit en même temps sur Massaba et sur le camp des nomades. Sango Kerim ordonna le repli de ses troupes. Cette journée, pour lui, était maudite et plus aucun coup ne devait être porté. Ils remontèrent au campement, lentement, sans parler, comme une armée vaincue, tête baissée, pendant qu'à Massaba, le cri aigu des pleureuses commençait à retentir. De partout montaient des plaintes. La cité pleurait un de ses enfants. Sango Kerim envoya Rassamilagh annoncer à Sako qu'il pouvait enterrer son frère en paix. Les guerriers nomades resteraient sur leurs collines. Dix jours de deuil furent décrétés. La guerre, à nouveau, fut suspendue. Le corps de Liboko fut nettoyé et habillé. On l'enterra dans la crypte du palais avec ses armes. Et durant dix jours, des pleureuses se relayèrent sur la tombe pour étancher la soif du mort avec les larmes des vivants.

Dans la salle du catafalque, le roi Tsongor s'était levé. Son corps décharné de vieux mort était si maigre qu'il semblait par endroits transparent. Katabolonga contemplait son roi, médusé. Il crut que Tsongor revenait d'entre les morts. Puis il vit le visage du roi et il comprit que c'était la douleur, une douleur aiguë, qui l'avait fait se lever ainsi. Il restait là, debout, bouche bée. Aucun son ne sortait. Il fit un geste de la main comme pour désigner quelque chose qu'il ne pouvait nommer. Katabolonga baissa les yeux.

"Que veux-tu de moi, Tsongor ?"

Le roi ne répondit rien et s'approcha encore de son ami. Sa fixité de mort conférait à ses traits quelque chose d'insoutenable. Katabolonga parla à nouveau.

"Tu l'as vu, n'est-ce pas ? Tu as vu ton fils passer devant toi ? Tu t'es jeté à ses pieds mais tes bras n'ont rien pu enlacer. Ou peut-être es-tu seulement resté figé ? Sans pouvoir faire un pas. Tu as regardé le doux sourire de Liboko. C'est cela, n'est-ce pas ? Oui, je sais. Que veux-tu de moi, Tsongor ?"

Le silence, à nouveau, emplit la cave. Katabolonga contemplait les yeux écarquillés de son ami. Ses lèvres doucement frémissaient. Katabolonga tendit l'oreille. Un son lointain lui parvint. Il se concentra. Le roi Tsongor parlait tout bas. C'était une mélopée toujours répétée. Katabolonga écouta. Oui. C'était cela. Le même mot répété à l'infini sortait des lèvres du mort avec toujours plus de force. Jusqu'à emplir la salle tout entière. Le même mot que le cadavre ne faisait que répéter avec les yeux fixés sur Katabolonga.

"Rends-la-moi… Rends-la-moi… Rends-la-moi…"

Katabolonga ne comprit pas. Il crut que Tsongor parlait de Liboko. La douleur l'envahissait. Il aurait voulu pleurer.

"Tu sais que si je le pouvais, je te rendrais ton fils, dit-il. Mais j'ai étendu moi-même le linceul sur son corps. Il n'y a rien que je puisse faire."

Tsongor l'interrompit. Sa voix était plus forte maintenant et plus assurée.

"La pièce… Rends-la-moi…"

Il parlait maintenant comme il le faisait autrefois. Mais ce n'était plus le doux murmure d'une voix qui prend plaisir aux méandres d'une conversation. C'était une voix rauque qui donne des ordres.

"La pièce que je t'ai donnée, Katabolonga. Rends-la-moi. Je ne vais pas au-delà. C'est fini. Je l'ai vu. Oui. Le sourire aux lèvres. La moitié du visage écrasée. Nos regards se sont croisés. Il ne s'est pas arrêté. Son sourire a glissé sur moi. La pièce que je t'ai donnée, Katabolonga, il est temps de me la rendre. Dispose-la entre mes dents et serre bien mes mâchoires de mort pour qu'elle ne tombe pas. Je m'en vais. Je ne veux plus voir ça. Non. Ils passeront tous. Un par un. Tous. Au fil des années. Liboko est le premier. Je vais être le spectateur de la lente saignée des miens. Rends-la-moi. Que je repose en paix."

Katabolonga était resté assis. Prostré face au cadavre de son souverain, tête baissée. Lorsque Tsongor eut fini, il se leva lentement et se déplia de toute sa taille de vivant. Ils étaient face à face à nouveau. Comme en ce jour lointain où le rampant avait défié le conquérant. Katabolonga ne tremblait pas. Il regardait le roi droit dans les yeux. Sans ciller.

"Je ne te donnerai rien, Tsongor. Tu as voulu toi-même ces souffrances auxquelles tu t'es condamné. Je ne te donnerai rien. Tu m'as fait jurer. Tu le sais, Katabolonga ne revient pas sur ce qu'il a dit."

Ils restèrent ainsi longtemps, face à face. La douleur dessinait sur le visage de Tsongor d'horribles grimaces. Sa bouche semblait vouloir happer tout l'air de la salle voûtée. Puis, à nouveau, le murmure inaudible sortit du fond de son corps. Il tourna le dos à Katabolonga, retourna à son tombeau et reprit son immobilité de mort. Seule continuait à monter de son corps décharné cette fine supplique.

"Rends-la-moi… Rends-la-moi…"

Pendant trois jours entiers, Tsongor murmura dans le silence épais de la cave. Katabolonga lui serrait la main de toutes ses forces. Pour qu'il sente sa présence jusque dans sa mort. Pour qu'il ne doute pas de sa fidélité. Mais il ne rendit pas la vieille pièce rouillée. Il attendit, écrasé par la douleur, que la mélopée s'épuise et que le mort retourne au silence.

Samilia, pendant dix jours, se tint sur la crête de la colline. Elle contemplait sa cité. Elle laissait monter jusqu'à elle les rumeurs de la foule en pleurs et la musique lente des cérémonies. Elle ne parlait plus à personne. Depuis ce jour où elle avait insulté Danga, elle vivait réfugiée dans sa tente. Elle avait maintenant la confirmation de ce qu'elle avait toujours su. Le malheur était sur elle et ne la lâcherait plus.

C'est ce que comprenait également, petit à petit, Sango Kerim qui confia à son ami Rassamilagh :
"Demain, les combats reprendront et je te le dis à toi, Rassamilagh, une peur étrange est née en moi. Pas celle de mourir ou d'être vaincu. Non. Cette peur-là, nous la connaissons tous. La peur de pénétrer à nouveau dans Massaba. Car à chaque fois que nos troupes sont entrées dans la ville, ce ne fut pour moi que douleur et consternation. D'abord l'incendie où j'ai vu disparaître les tours de mon enfance. Puis la mort de Liboko."
Rassamilagh l'écouta et répondit :
"Je comprends ta peur, Sango Kerim. Elle est juste. Il n'y a pas de victoire."
Et il avait raison. Sango Kerim le comprit. Il regardait la ville à ses pieds qui se préparait au combat

du lendemain. Et il sut que le siège de Massaba était une folie. Au fil des jours, des mois, des années qui viendraient, il ne connaîtrait plus que le rythme alterné des victoires et des deuils. Et chaque victoire, même, aurait un goût profond de blessure car elle serait obtenue sur des hommes et sur une ville qu'il aimait.

A Saramine, Souba commença le chantier du premier tombeau de Tsongor. Shalamar lui ouvrit les portes de son palais. Elle lui offrit son or, ses plus grands architectes et ses maîtres ouvriers. La ville ne tarda pas à résonner d'une activité incessante de contremaîtres.

C'est dans les jardins suspendus de Saramine que Souba décida de construire le tombeau. C'était le point le plus élevé de la citadelle. Les jardins s'étendaient dans une succession luxuriante de terrasses et d'escaliers. Les arbres fruitiers faisaient de l'ombre aux fontaines. La vue embrassait toute la ville, la haute silhouette des tours et la mer immobile. Souba fit aménager la plus vaste des terrasses pour que l'on puisse y ériger un palais. Il le voulait dans la pierre blanche du pays. Il fallut des mois entiers de travail acharné pour que naisse la silhouette du tombeau. L'extérieur était pur et éclatant. Dans les salles, de hautes statues régnaient, impassibles, sur le marbre des dalles.

Lorsque enfin l'ouvrage fut achevé, Souba invita Shalamar à parcourir le tombeau avant qu'il ne fasse sceller la porte. Ils marchaient tous deux, en silence. Déambulant dans les vastes salles. Contemplant le détail des mosaïques sur le pavé, ou la splendeur de la vue des balcons. Shalamar était une petite silhouette émerveillée qui caressait souvent du plat de ses mains la pierre des colonnes. Lorsque enfin ils sortirent, elle se tourna vers Souba et lui dit :

"Ce que tu as construit là, Souba, est le tombeau de Tsongor le glorieux. Je te remercie d'avoir offert à Saramine un palais à sa dimension. Ce sera désormais le cœur silencieux de la ville où personne ne va mais que tout le monde vénère."

C'est alors que Souba comprit. Il comprit que ce qu'il devait faire, c'était le portrait de son père. Sept tombeaux comme les sept visages de Tsongor. Celui de Saramine était le visage du roi auréolé de gloire. De l'homme au destin d'exception qui, durant sa vie, avait tutoyé la lumière. Il ne restait plus à Souba qu'à décliner les visages de Tsongor. Un tombeau pour chacun d'entre eux. Aux quatre coins du royaume. Et les sept tombeaux réunis diraient ce qu'était Tsongor. Il lui restait cela à faire. Trouver le lieu et la forme que devaient prendre les autres visages.

Il partagea, une dernière fois, la nuit marine de Saramine auprès de Shalamar, puis, au matin, fit ses adieux et remonta sur sa mule. Il avait laissé le voile noir des laveuses de Massaba dans le palais de la vieille souveraine. Elle l'avait accroché à la plus haute tour de la citadelle. Il lui restait un continent à parcourir. Tout le royaume savait maintenant que Souba errait, cherchant çà et là un lieu où construire un palais funéraire. C'était un honneur que chaque ville, chaque région espérait.

Sur sa mule têtue, il parcourut le royaume en architecte. Dans la forêt des baobabs hurleurs, il fit construire une haute pyramide. Un tombeau pour Tsongor le bâtisseur, au milieu de l'humus épais et des cris d'oiseaux au plumage rougeoyant. Puis il alla jusqu'aux confins du royaume, dans l'archipel des manguiers. C'étaient les dernières terres avant le néant. Les dernières terres où le nom de Tsongor faisait s'agenouiller les hommes. Il y construisit une île cimetière pour Tsongor l'explorateur. Celui qui avait repoussé les limites de la terre, qui avait été plus loin que le plus ambitieux des hommes. Pour Tsongor le guerrier, le chef d'armée, le stratège militaire, il creusa d'immenses salles troglodytiques dans les hauts plateaux rocailleux des terres du Centre. Là, à plusieurs mètres sous terre, il commanda aux artisans des milliers de statuettes de guerriers. De grandes poupées d'argile. Toutes différentes. Il les disposa dans les caves sombres des souterrains. Une armée immense de soldats de pierre tapissait le sol. Comme un peuple de soldats pétrifiés, prêts, à tout moment, à se mettre en branle. Attendant patiemment le retour de leur roi pour marcher à nouveau. Lorsqu'il eut achevé le tombeau du guerrier, Souba chercha un lieu où construire un tombeau pour Tsongor le père. Celui qui avait élevé ses cinq enfants avec amour et générosité. Dans le désert des figuiers solitaires, au milieu des dunes du vent et des lézards, il fit ériger une haute tour de pierre ocre que l'on voyait à plusieurs jours de marche. A sa cime, il disposa une pierre des marais. Un gros bloc translucide qui irradiait, la nuit, de toute la lumière accumulée dans la journée. La pierre se nourrissait du soleil du désert et illuminait la nuit comme un phare pour les caravanes.

Le visage d'éternité de Tsongor, peu à peu, se construisait, dans la sueur et l'effacement de Souba, tout entier à sa tâche. Les tombeaux naissaient et il lui semblait, à chaque fois qu'il en achevait un, à chaque fois qu'il scellait la porte de ces demeures silencieuses et quittait les lieux, il lui semblait entendre comme un soupir lointain sur son épaule. Il savait ce que cela signifiait. Tsongor était là. A ses côtés. Dans ses nuits de rêves et ses journées de labeur. Tsongor était là. Et ce soupir que Souba entendait à chaque tombeau achevé lui disait toujours la même chose. Qu'il s'était acquitté de sa tâche et que Tsongor le remerciait. A chaque nouveau tombeau, Tsongor le remerciait, oui. Mais il lui disait aussi, ce soupir, que ce n'était pas encore cela et que le lieu n'était pas trouvé. Alors inlassablement, Souba repartait. Cherchant, à nouveau, un endroit qui conviendrait. Pour qu'il puisse sentir, enfin, sur son épaule, le soupir de soulagement de son père.

CHAPITRE V

L'OUBLIÉE

Massaba tenait toujours, mais son aspect avait changé. C'était une ville exsangue qui dominait maintenant la plaine. Les murailles semblaient à tout moment sur le point de se rompre. Les réserves d'eau et de nourriture étaient quasiment épuisées. Des hordes d'oiseaux carnassiers tournaient au-dessus des murailles et fondaient sur les corps qui n'avaient pas été brûlés. La ville était sale et les habitants épuisés. Les guerriers avaient le visage creux des vieux chevaux qui se perdent parfois dans le désert et avancent, têtus, vers l'horizon jusqu'à ce que leurs forces les quittent et qu'ils s'effondrent pour de bon dans le sable chaud de la mort. Plus personne ne parlait. Chacun attendait que la vie cesse, avec résignation.

Dans le palais de Tsongor, tout s'était dégradé. Une aile entière avait été ravagée par l'incendie. Personne n'avait eu ni le temps ni l'énergie de la restaurer. C'était un amas de tapis brûlés, de plafonds écroulés et de murs noircis. Les couloirs étaient sales et vieillis. Des pièces entières, autrefois salles de réception, étaient maintenant des dortoirs où s'entassaient des corps fatigués. La grande terrasse du palais avait été aménagée en hôpital. On y soignait les blessés en contemplant les combats sous les murailles. Tout était à bout de forces. Tout pouvait céder d'un moment à l'autre. Les rues n'étaient plus que des sentiers de terre. On avait utilisé les pavés pour les jeter sur l'ennemi. Les jardins avaient été saccagés pour nourrir les chevaux. Puis, plus tard, la faim menaçant, on avait tué les bêtes pour nourrir les hommes.

Depuis la mort de son frère, Sako s'était transformé. Il avait tant maigri que les longs colliers qu'il portait sur le torse frappaient ses côtes avec un bruit sec. Il s'était laissé pousser une longue barbe hirsute qui le faisait ressembler, par instants, au cadavre de son père. Les guerriers de Massaba avaient été décimés. Des forces d'autrefois, il ne restait plus guère que la garde spéciale et les hommes-fougères de Gonomor. Aux côtés de Kouame, il ne restait qu'Arkalas, Barnak et ses mâcheurs de khat. C'était tout. Sans compter que ces hommes étaient épuisés par des mois ininterrompus de luttes.

Kouame sentit que la défaite était là. Qu'il tomberait ici, avec Massaba, au milieu des cris de joie des assaillants. Alors, une nuit, sans dire un mot à personne, il se défit de son armure, endossa une longue tunique sombre et quitta la cité. La nuit était lourde et ne sentait rien. Il traversa comme une ombre la grande plaine qui avait été le lieu de tant de combats, et monta vers les collines. Arrivé là, il se faufila à travers le campement avec pour seule arme un poignard. Il passa au milieu des hommes et du bétail d'un pas décidé et personne ne l'arrêta tant il ressemblait à un des guerriers voilés de Rassamilagh. Il attendit encore un peu que le campement s'endorme et doucement, sans faire de bruit, il pénétra dans la tente de Samilia.

Il trouva la fille de Tsongor allongée sur sa couche, enlevant patiemment les dizaines de barrettes qui tenaient ses cheveux.

"Qui es-tu ? demanda-t-elle en tressautant.

— Kouame, le prince des terres du sel, répondit-il.

— Kouame ?"

Elle était debout, les yeux écarquillés et la voix tremblante. Il fit un pas dans la tente pour ne pas risquer d'être vu de l'extérieur et enleva les voiles qui lui couvraient le visage.

"Je ne m'étonne pas que tu ne me reconnaisses pas, Samilia, car je ne suis pas le même homme qu'autrefois."

Il y eut un silence. Kouame pensait que Samilia allait lui poser encore une question, mais elle ne le fit pas. Elle ne le pouvait pas. Elle était tétanisée.

"Ne tremble pas, Samilia. Je suis à ta merci, reprit-il. Il te suffit d'un cri pour me livrer aux tiens. Fais comme tu le voudras. Peu m'importe. Je serai mort demain."

Elle ne cria pas. Elle contemplait cette figure qui grimaçait devant elle, sans parvenir à reconnaître l'homme qu'elle avait vu autrefois. Le visage rond, large et confiant d'alors s'était creusé et ridé. C'était une face sèche et anguleuse qui semblait sous l'emprise de la fièvre. Seul le regard était le même. Ce même regard, oui, qu'elle avait croisé au pied de la dépouille de Tsongor. Ce regard qui la mettait à nu.

"Tu le sais, non ? reprit-il. Ils ont dû te le dire. Nous agonisons doucement à Massaba. Demain, sûrement, tout sera fini. Et c'est sur des piques que tu verras défiler la longue colonne de nos têtes. C'est pour cela que je suis là. Pour cela, oui.

— Que veux-tu ? demanda-t-elle.

— Tu le sais bien, Samilia. Regarde-moi. Tu le sais, n'est-ce pas ?"

Elle le sut, en effet, à l'instant où elle croisa à nouveau ses yeux. Il était venu pour elle. A travers les tentes ennemies, il s'était faufilé jusqu'ici pour la posséder. Elle le sut et il lui sembla évident qu'il devait en être ainsi. Oui. Il était venu à elle, la veille de sa mort, et elle sut que ce qu'il voulait, elle le lui donnerait. Le désir, jamais, ne l'avait quittée. Depuis ce jour où elle l'avait vu pour la première fois et malgré le choix qu'elle avait fait de rejoindre Sango Kerim, quelque chose la poussait à céder devant Kouame. Elle avait choisi Sango Kerim par devoir. Pour rester fidèle à son passé. Mais lorsqu'elle le voyait, elle savait qu'elle appartenait à Kouame. Malgré elle. Malgré la guerre qui ne permettrait jamais leur union. C'était ainsi. Elle ne bougeait pas. Il s'approcha d'elle. Elle pouvait sentir son souffle sur sa poitrine.

"Je mourrai demain. Mais peu m'importe si je connais d'ici là la saveur que tu as."

Elle ferma les yeux et sentit la main de Kouame lui enlever ses habits. Ils tombèrent sur sa couche et il la prit, là, dans la sueur de cette nuit sans vent, au milieu des voix du campement ennemi, des allées et venues des soldats et du crépitement des feux de garde. Il la prit et elle coula de plaisir pour la première fois. Elle s'écarquilla tout entière, mordant les coussins pour ne pas risquer de hurler. Le long de ses cuisses, de longs tremblements humides venaient étancher la soif de Kouame qui restait penché sur elle, la tête enfouie dans ses cheveux. Il lava son âme des blessures du combat. Il s'enivra, une dernière fois, de l'odeur de la vie. La tente s'emplissait du parfum lourd de leurs étreintes et chaque fois qu'il faisait mine de se lever, elle le rappelait à elle et l'entraînait à nouveau dans le tréfonds de son corps où il glissait de plaisir dans un vertige sucré.

Avant que le soleil ne se lève, Kouame quitta la couche de Samilia pour se faufiler à travers le campement ennemi et rejoindre la cité. Samilia lui caressa le visage. Il la laissa faire. Cette main sur sa joue lui disait adieu. Elle lui disait : "Va. Il est temps de mourir maintenant."

Lorsqu'il eut disparu, elle resta longtemps immobile. Depuis qu'elle avait adopté le camp de Sango Kerim, quelque chose en elle était mort. Elle était là. Au milieu de ces hommes qui se battaient pour elle. Elle était là. Sans passion. Attendant simplement l'issue de la guerre. Pour qu'il n'y ait plus de souffrance et que le cours de la vie reprenne. La venue de Kouame avait tout fait chavirer.

"Je n'ai pas su choisir, pensa-t-elle. Ou je me suis trompée. J'ai choisi le passé et l'obéissance. J'ai fait taire le désir que j'avais en moi. Et j'ai rejoint Sango Kerim, par fidélité. Mais la vie exigeait Kouame. Non. Ce n'est pas cela. Si j'avais choisi Kouame, je serais en train de pleurer sur Sango Kerim. Ce n'est pas cela. Il n'y a pas de choix possible. J'appartiens à deux hommes. Oui. Je suis aux deux. C'est mon châtiment. Il n'y a pas de bonheur pour moi. Je suis aux deux. Dans la fièvre et le déchirement. C'est cela. Je ne suis rien que cela. Une femme de guerre. Malgré moi. Qui ne fait naître que la haine et le combat."

Lorsque Kouame s'était présenté à Samilia, il avait accepté la mort. Les combats de ces derniers mois l'avaient usé. La défaite semblait scellée. Il ne voyait tout autour de lui qu'épuisement et résignation. Il était allé trouver Samilia comme le condamné à mort demande une dernière faveur. Goûter à cette femme était l'unique moyen de quitter la vie sans regret. Il voulait la caresser avant d'être massacré. Connaître son odeur. S'en imprégner. Et la sentir encore sur son corps à l'instant où il mettrait genoux à terre. Il pensait qu'une fois qu'il aurait étreint Samilia, plus rien ne pourrait le peiner. Il pensait qu'il serait prêt à mourir. Mais ce fut tout le contraire. Depuis qu'il était revenu à Massaba, une colère noire bouillait en lui. Et son corps, pourtant épuisé et amaigri, était secoué de gestes brusques et nerveux. Il se parlait à lui-même, en s'insultant sans relâche.

"J'étais prêt à mourir hier. J'étais calme. Et ils pouvaient venir. Plus rien ne me faisait peur. Je serais mort dignement. Sans un regard pour mes ennemis. Et maintenant… Maintenant je vais mourir, oui, mais ce sera à regret. Elle m'a couvert de baisers. Elle m'a tenu serré entre ses cuisses, son ventre était doux. Et je dois reprendre ma place sur la muraille. Non. Je sais ce que je perds maintenant et il aurait mieux valu que je ne sache pas."

Sur les murailles, il était le seul homme agité. Tous les autres étaient immobiles. Ahuris de fatigue. Des enfants réveillés en pleine nuit que l'on met debout et qui restent là où on les a posés, hébétés. Ils étaient prêts à mourir. Ils n'avaient plus envie de rien d'autre que de cette mort qui les soulagerait de leur épuisement. Kouame crachait, hurlait et tapait du poing contre les murailles en criant : "Mais qu'ils viennent, qu'ils viennent et qu'on en finisse !" Et il ne quittait pas des yeux les collines du campement où il crut voir, au moment où l'armée des nomades se mit en marche, un petit point fixe qui le regardait. "Samilia, pensa-t-il. Elle vient regarder si nous mourons dignement."

Ce jour-là encore, les guerriers se ruèrent sur les remparts avec hargne. Mais à l'instant où les premiers d'entre eux atteignirent l'enceinte, on entendit une clameur lointaine. De la colline sud dévalait une armée que l'on ne pouvait pas encore distinguer. "Cette fois, ça y est, pensa Kouame. Ces fils de chien ont encore du renfort." Du haut des murailles, ils observaient le grand nuage de fumée que soulevait cette armée inconnue, avec la curiosité triste du condamné à mort qui regarde la cagoule du bourreau. Ils voulaient savoir qui allait les massacrer. Mais ils virent brusquement l'armée nomade reculer et se mettre en position défensive. Et plus ils regardaient, plus ils voyaient distinctement que c'était bien sur leurs ennemis que chargeaient les renforts. Les silhouettes, maintenant, se précisaient.

"Mais… ce sont des femmes…, murmura Sako, bouche bée.

— Des femmes…, confirma le vieux Barnak.

— Mazébu", murmura alors Kouame.

Et il répéta le nom de plus en plus fort. "Mazébu. Mazébu." Et tous les hommes de la muraille reprirent

ce mot pour le crier, sans en connaître la significa-
tion. Comme un cri de guerre. Comme un cri de
soulagement pour remercier les dieux. Mazébu.
Mazébu. Et ce mot étrange voulait dire pour chacun d'entre eux : "Nous ne mourrons peut-être
pas aujourd'hui."

"Mais qui est-ce ?" demanda Sako à Kouame.
Et le prince des terres du sel répondit :
"Ma mère."

C'était en effet l'impératrice Mazébu qui dévalait
la pente à la tête de son armée. On l'appelait ainsi
car elle était la mère de son peuple, et elle et ses
amazones chevauchaient des zébus aux longues
cornes droites et pointues. C'était une femme
énorme, couverte de diamants, qui était le plus fin
des esprits politiques de son royaume. Elle excel-
lait dans les complots de cour et les négociations
commerciales. Mais à chaque guerre que déclarait
son royaume, elle prenait elle-même la tête de
son armée et se transformait en bête féroce. Elle
proférait sans cesse d'immondes injures contre ses
ennemis et elle ne connaissait, au combat, ni man-
suétude ni compassion. Son armée n'était faite
que d'amazones qui avaient appris l'art de combattre au galop. Elles tiraient à l'arc tout en che-
vauchant et pour plus de facilité, elles avaient
toutes le sein droit coupé.

La stupéfaction saisit l'armée nomade. Ils étaient
si habitués au rythme quotidien de leurs attaques
sur la ville, ils étaient si persuadés que Massaba ne
tarderait pas à tomber, que face à cette charge inattendue, menée par une armée qu'ils ne connais-
saient pas, ils ne savaient tout simplement que
faire. Pris ainsi, en plein milieu de la plaine, coupés
de leur campement, ils se sentirent infiniment vul-
nérables. Lorsqu'ils purent distinguer les amazones

de Mazébu, lorsqu'ils virent cette armée de femmes peinturlurées qui montaient des zébus, ils crurent à une sorte de farce macabre. Bientôt leur parvinrent les hurlements putassiers de Mazébu. Elle hurlait à tue-tête en piquant les flancs de sa monture.

"Venez ici que je vous écrase le nez et vous fasse rouler dans la poussière. Venez ici, bâtards. C'est la fin de votre fortune. Venez. Mazébu est là qui va vous châtier…"

Un ciel de flèches s'abattit sur les premiers guerriers nomades. Les amazones tiraient et avançaient sans cesse. Et plus elles avançaient, plus leurs tirs étaient tendus et meurtriers. Lorsque le choc entre les deux armées eut lieu, les zébus, de leurs longues cornes aiguisées, embrochèrent d'innombrables guerriers. Sango Kerim comprit que s'ils restaient dans la plaine, son armée serait décimée. Il ordonna alors le repli sur le campement et ce fut la déroute. Les amazones ne se lancèrent pas à leur poursuite. Elles s'alignèrent les unes aux côtés des autres et, avec calme et concentration, décochèrent des flèches qui cueillaient les nomades dans leur fuite. Ils tombaient d'un coup, fauchés en pleine course, la face contre terre. Les arcs des amazones, sculptés dans le bois souple des séquoias, tiraient plus loin qu'aucun autre arc. Et il fallut aux nomades traverser toute la plaine pour se mettre à l'abri.

Pour la première fois depuis des mois, ce jourlà, Massaba n'eut pas à combattre sur ses murailles. Pour la première fois depuis des mois, les armées de Massaba purent sortir de la ville et reprendre position sur trois des sept collines. Le siège de Massaba prit fin. Et toute la ville bénissait ce nom étrange qu'ils entendaient pour la première fois : Mazébu.

Pendant toute la fin de la journée et une partie de la nuit encore, une activité frénétique occupa la cité. On sortit les morts accumulés sur les bûchers que l'on avait improvisés sur chaque place. On creusa des fosses à l'extérieur et on les enterra pour ne plus risquer d'épidémie. Des guerriers se précipitèrent sur la plaine pour récupérer les armes, les casques, les armures des nomades tués par les amazones. On alla chercher de l'herbe et du blé pour nourrir les bêtes et les hommes. On transporta l'hôpital de fortune dans les caves du palais, plus fraîches, mieux protégées et plus faciles d'accès et enfin, alors que la lune était déjà haute, on organisa un énorme banquet sur la terrasse de Massaba. Et ce fut comme si la ville entière poussait un grand soupir de soulagement. Mazébu trônait au milieu des guerriers et des amazones mélangés. Elle voulait connaître le nom de chacun, s'inquiétait de la moindre blessure. Puis, lorsque enfin ils se trouvèrent un instant seuls, elle et son fils, elle le prit par la main, le contempla longtemps et lui dit :

"Tu as maigri, mon fils.

— Cela fait des mois que le siège dure, mère, répondit-il.

— Tu as vieilli aussi, dit-elle.

— Nous n'avons pas cessé de donner la mort et de la recevoir, répondit-il.

— C'est la marque de Samilia que je vois sur ton visage. Je te regarde et je fais connaissance avec elle. Elle t'a ridé. C'est bien."

Elle n'ajouta rien. Elle invita son fils à boire et ils fêtèrent ensemble ce jour qui n'avait pas vu la chute de Massaba.

Souba poursuivait son chemin à travers le royaume. Et ces moments d'errance qui, au début, lui faisaient peur, il apprenait à les aimer de plus en plus. Il ne se hâtait plus de rejoindre une ville ou de trouver le site d'un nouveau tombeau. Il parcourait les routes, allant d'un point à un autre dans l'indifférence du monde et cette indifférence lui faisait du bien. Il n'avait plus ni nom ni histoire. Il vivait en silence. Pour ceux qu'il croisait il n'était qu'un voyageur. Des terres nouvelles défilaient devant lui. Il se laissait bercer par le pas lent de sa mule. Heureux de n'avoir rien d'autre à faire, dans ces instants, que de contempler le monde et se laisser envahir par sa lumière.

Lentement, il se dirigeait vers Solanos, la ville du fleuve Tanak. Le fleuve traversait un grand désert de pierre et à l'endroit où, enfin, il se jetait à la mer, la nature subitement changeait. Les berges se couvraient de palmiers dattiers, comme une oasis au milieu de la rocaille. C'est à cet endroit que les hommes avaient construit Solanos. Souba connaissait la ville de nom. C'était le lieu d'une des plus fameuses batailles de son père. On racontait que l'armée du roi Tsongor avait traversé le désert pour surprendre le peuple de Solanos qui pensait voir arriver les conquérants par le fleuve. Ils avaient subi les brûlures du soleil intraitable qui faisait se fissurer les roches. Epuisés de fatigue, ils en étaient venus à manger leurs chevaux. Certains étaient devenus fous. D'autres étaient restés, à jamais, aveugles. Plus les jours passaient et plus la colonne de Tsongor diminuait. C'est exsangues qu'ils étaient arrivés au pied de Solanos. La légende disait que Solanos avait alors connu la colère de Tsongor. Mais ce n'était pas exact. Ce n'était pas la colère qui avait fait se ruer les hommes du roi sur la ville avec une rage forcenée. C'était l'hébétude, l'errance et la folie. Les jours de désert les avaient terrassés dans leur esprit. Et ils s'étaient rués avec sauvagerie sur Solanos. Il ne resta bientôt plus rien de la ville.

Souba voulait aller jusque-là. Pour voir ces murailles dont il avait tant entendu parler dans son enfance. Il longea le fleuve aux eaux lentes et épaisses. Lorsqu'il arriva à Solanos et qu'il se présenta aux sages de la ville, il sentit qu'une agitation régnait partout, une agitation étrange dont il n'était pas la cause. Quelque chose était advenu qui faisait bruire jusqu'au pavé des ruelles. Il se nomma et on le reçut avec tous les égards dus à son rang. On lui proposa des appartements et on lui offrit un repas, mais Souba, malgré ces égards, continuait à sentir que sa venue était éclipsée par autre chose. Cela attisa sa curiosité. Il interrogea son hôte :

"Que se passe-t-il ? demanda-t-il. Pourquoi est-ce que toute la ville frémit d'une telle agitation ?

— Il est revenu, répondit, peureusement, son hôte.

— Qui ? demanda Souba.

— Galash. Le cavalier du fleuve. Il est revenu. Cela faisait des dizaines d'années que personne ne l'avait vu. On le croyait mort. Mais il était là, ce matin. Sorti de nulle part. Il était là, à nouveau. Comme avant."

Souba écoutait. Il voulait en savoir plus. Calmement, il invita son hôte à s'installer à ses côtés, à se désaltérer et à lui raconter qui était ce cavalier dont le retour était si étrange. L'hôte accepta son invitation et raconta ce qu'il savait.

C'était à l'époque du siège de Solanos. On racontait que le soir même de la victoire, un soldat sortit des rangs et demanda à parler au roi. Tsongor fêtait la destruction de la ville, au milieu de sa garde, dans l'odeur mêlée des cendres et des dattiers sucrés. Le soldat se présenta. Il se nommait Galash. Personne ne le connaissait. Il avait l'air d'un fou. Mais Tsongor ne s'inquiéta pas. Toute son armée avait les yeux exorbités après la traversée du désert et les combats furieux qui avaient suivi. Tous ses hommes avaient été pris d'une même folie. Tous avaient connu la joie de détruire. Le soldat se présenta au roi et Tsongor crut d'abord qu'il voulait lui demander quelques faveurs. Mais ce n'était pas cela.

"J'ai demandé à te voir, Tsongor, car ce que j'ai à dire, je veux te le dire en face. J'ai cru longtemps en toi. En ta force. En ton génie militaire. En ton aura de chef. Je t'ai suivi. Depuis le premier jour. Sans rien demander. Ni promotion ni faveur. J'étais un de tes soldats et cela me suffisait. Un parmi tant d'autres. Mais aujourd'hui, Tsongor, aujourd'hui je suis venu devant toi pour te maudire. Je crache sur ton nom, ton trône et ton pouvoir. J'ai traversé avec toi le désert. J'ai vu tomber, un à un, mes amis, le visage dans le sable, sans que tu daignes te retourner sur aucun d'entre eux. J'ai tenu, moi. Pensant que tu nous récompenserais de notre fidélité et de notre endurance. Tu nous as offert une ville. Oui. Un massacre. Tel fut ton cadeau, Tsongor. Et je te crache dessus. Tu nous as lâchés sur Solanos comme une meute de chiens fous. Tu savais que nous étions exsangues, ivres et hors de nous. C'est ce que tu voulais. Tu nous as lâchés sur Solanos et nous avons éventré la ville comme des monstres. Tu le sais. Tu étais parmi nous. C'est cela que tu nous as offert. Des monstres dont les mains, à jamais, auront l'odeur épaisse du sang. Je te maudis, Tsongor, pour ce que tu as fait de moi. Ce que je viens de dire, je vais désormais aller le dire partout où j'irai dans le royaume. A tous ceux que je croiserai. Je te quitte, Tsongor. Je sais maintenant qui tu es."

Ainsi parla le soldat Galash. Et il allait partir lorsque Tsongor ordonna qu'on l'attrape et qu'on le force à s'agenouiller devant lui. La colère faisait trembler ses lèvres. Il s'était levé de son trône.

"Tu n'iras nulle part, soldat, répondit-il. Nulle part, car tout, autour de toi, est à moi. Tu es sur mes terres. Je pourrais te tuer pour avoir dit ce que tu as dit. Je pourrais t'arracher la langue pour m'avoir insulté devant mes hommes. Mais ce n'est pas ce que je vais faire. Par égard pour ta fidélité durant toutes ces années de combats. Ce n'est pas ce que je ferai. Tu te trompes. Je sais remercier mes hommes. Tu auras la vie sauve. Mais ne foule plus jamais une terre qui m'appartient. Si tu restes sur mon royaume, j'ordonnerai que l'on te dépèce. Il te reste le monde inexploré. Les terres sauvages où aucun homme ne vit. Traverse le fleuve Tanak et vis ce qu'il te reste d'années sur la berge d'en face."

Il fut fait selon la volonté de Tsongor. Le soir même, le soldat Galash traversa le grand fleuve et disparut dans la nuit. Mais le lendemain, il réapparut. Là. Sur la berge d'en face. On distinguait parfaitement sa silhouette sur son cheval écumant. Il hurlait de l'autre côté du fleuve. Il hurlait de toutes ses forces pour dire à tous ce qu'il avait à dire sur Tsongor. Pour que les soldats et les habitants l'entendent. Il maudissait à tue-tête le roi, mais les bruits du fleuve couvraient sa voix. Et tout ce que l'on entendait était un sourd murmure d'eau. Il resta ainsi plusieurs mois, revenant tous les jours. Essayant de crier plus fort que le fleuve. Tous les jours avec la même colère. Comme un cavalier dément qui harangue les esprits. Puis, un jour, enfin, il disparut. Et plus personne ne le vit. Les années passèrent. On le pensa mort.

Le jour où Souba était arrivé à Solanos, pour la première fois depuis des années, Galash avait réapparu. Comme sorti du passé. C'était lui, à nouveau. Toujours sur son cheval. Vieilli à l'extrême. La colère qui l'animait semblait intacte. Le cavalier du fleuve était revenu, le jour même où le fils du roi Tsongor avait foulé les terres de Solanos.

Souba écouta l'histoire avec curiosité. Il n'avait jamais entendu parler de cet homme. Il sentit qu'il devait aller à sa rencontre, sans qu'il sache pourquoi. Il lui semblait que Galash ne faisait rien d'autre que de l'appeler.

Dès les premières lueurs de l'aube, Souba monta sur sa mule et se dirigea vers le fleuve. Il vit Galash tel qu'il lui avait été décrit. Une ombre à cheval. Allant et venant sur la rive d'en face. Gesticulant comme un dément. Il piqua les flancs de sa mule et pénétra dans les eaux du fleuve. Il voyait, au fur et à mesure qu'il avançait, la silhouette du cavalier muet grandir. Il le distinguait parfaitement maintenant mais n'entendait toujours rien. Il avança encore. La mule, enfin, eut pied à nouveau. Galash était là. Souba fut stupéfié par ce qu'il voyait. Celui qui se tenait devant lui était un vieillard famélique. Torse nu, les flancs et le visage flétris par les années, il avait l'air d'un démon. Il était maigre. Voûté. Et roulait des yeux hallucinés. Souba le contempla longuement. Il observait cet être que le temps avait brisé. Ce qui stupéfia Souba, c'est qu'il n'entendait rien. Galash avait repris ses grands gestes d'imprécation. Il roulait des yeux sévères. Mais de sa bouche, aucun cri ne sortait. Ses poumons se gonflaient. On voyait les veines de son cou grossir. Mais Souba n'entendait qu'un filet de voix brisé. Ce n'était pas le bruit du fleuve qui couvrait la voix de Galash. Durant toutes ces années, il avait hurlé de toutes ses forces. Jusqu'à se déchirer les cordes vocales. Il avait passé des dizaines d'années à s'époumoner dans la rage. Il ne sortait de lui, maintenant, plus qu'un son guttural et lointain. Mais petit à petit, Souba oublia les sons étranges et contempla le visage du cavalier. Et ce qu'il ne pouvait comprendre par la voix, il le lut sur les traits du damné. Ses rides profondes disaient tout de ces années interminables d'exil. La façon qu'il avait de se tordre les lèvres, les expressions qui passaient sur sa face, tout cela traduisait les souffrances et les peurs, la sauvagerie et la solitude. Galash pleurait. Se tordait les mains. Faisait des gestes saccadés. Poussait des sons violents et se mordait les avant-bras.

Ils restèrent longtemps ainsi, face à face, s'apprivoisant l'un l'autre. Puis, d'un geste de la tête, Galash invita Souba à le suivre. Il piqua son cheval et se dirigea vers un chemin qui quittait la berge du fleuve. Le fils de Tsongor n'hésita pas. Alors commença une marche silencieuse le long des sentiers des terres inexplorées. Les bêtes avançaient au pas sur un chemin de rocaille. Ils montaient le long d'une colline. Après plusieurs heures de voyage, le cavalier s'arrêta enfin. Ils étaient arrivés au sommet d'une butte. A leurs pieds s'étendait une crique. En demi-cercle. Une odeur putride monta au nez de Souba. A ses pieds, sur des centaines de mètres, se jouait un spectacle horrible. Des milliers de tortues géantes croupissaient sur un sable nauséeux. Certaines étaient mortes. D'autres agonisaient. D'autres enfin essayaient encore de se débattre. Ce n'était qu'un amas de carapaces vides et de chairs putréfiées. L'air était vicié de puanteur. Des oiseaux charognards allaient et venaient, perçant les carapaces de leur bec aiguisé. Le spectacle était intenable. Les tortues étaient poussées dans cette crique par des courants souterrains. Elles échouaient ici. Sur cette plage mortifère qui n'offrait ni abri ni nourriture. Elles échouaient là, sans avoir la force d'affronter à nouveau le courant pour repartir et les oiseaux, voraces, fondaient sur elles. C'était un vaste cimetière animal. Un piège de la nature contre lequel les grands reptiles marins ne pouvaient rien. Il en arrivait sans cesse et le sable avait disparu sous les ossements et les carapaces séchés. Souba porta sa main à sa bouche pour ne plus respirer l'odeur de mort qui montait jusqu'à lui. Galash ne disait plus rien. Il ne grognait plus. Il semblait apaisé. Souba contemplait le mouvement des vagues, lent et régulier, et les efforts vains des tortues géantes pour échapper au courant. Les oiseaux tournaient. Intraitables. Il contempla le lent flux et reflux de la mer, le mouvement de la mort. Il y avait dans ce spectacle quelque chose d'absurde et de révoltant. Comme un grand carnage inutile. Galash l'avait mené jusqu'ici et Souba comprit pourquoi. Il fallait construire un tombeau ici. Dans cet endroit putride où venaient gémir, depuis si longtemps, ces grands reptiles prisonniers des eaux. Un tombeau pour Tsongor le tueur. Tsongor qui avait mené à la mort tant d'hommes. Tsongor qui avait rasé des villes et brûlé des pays entiers. Un tombeau pour Tsongor le sauvage que le sang n'effrayait pas. Un tombeau qui serait son visage de guerre. C'était ici qu'il fallait construire le sixième tombeau. Pour que le portrait de Tsongor soit complet, il fallait une grimace d'horreur. Un tombeau maudit, au milieu des ossements et des oiseaux repus de chair.

Avec l'arrivée de Mazébu, ce fut à nouveau la guerre. A nouveau la plaine de Massaba se gorgea de sang. Les jours et les mois étaient rythmés par le va-et-vient des guerriers. Les positions étaient prises, puis perdues, puis reprises. Des milliers de pas dessinèrent dans la poussière de la plaine des chemins de souffrance. On avançait. On reculait. On mourait. Les cadavres séchaient au soleil. Devenaient squelettes. Puis les os blanchis par le temps s'effritaient et d'autres guerriers venaient mourir dans ces tas de poussière d'hommes. C'était la plus grande boucherie qu'ait connue le continent. Les hommes vieillissaient. Ils maigrissaient. Et la guerre leur donnait à tous un teint sableux de statues de marbre. Mais malgré les coups et les fatigues, leur vigueur ne diminuait pas et ils se jetaient sans cesse les uns sur les autres avec la même rage. Comme deux chiens affamés, rendus fous par la vue du sang, qui ne pensent plus qu'à mordre sans sentir qu'ils meurent doucement.

Un soir, Mazébu convoqua son fils sur la terrasse de Massaba. Il faisait chaud. Elle se tenait droite, l'air décidée, et elle parla à Kouame avec autorité.

"Ecoute-moi, Kouame, et ne m'interromps pas. Voici longtemps que je suis là. Longtemps que je livre bataille à tes côtés. Longtemps que je connais, chaque jour, la colère et les privations. Lorsque je suis arrivée, j'ai sauvé Massaba en repoussant ce chien de Sango Kerim. Mais depuis, chacun de mes assauts est resté vain. Je t'ai convoqué pour te dire cela, Kouame. Aujourd'hui, je m'arrête. Je repars demain pour le royaume du sel. Il n'est pas bon de laisser plus longtemps le pays sans chef pour le diriger. Ne crains rien. Je repartirai seule. Je te laisse mes amazones. Je ne veux pas que Massaba tombe parce que je me retire. Mais écoute ceci, Kouame. Ecoute ce que te dit ta mère. Tu as voulu cette femme et tu as lutté pour elle. Ce que tu n'as pu obtenir jusqu'à présent, l'avenir ne te l'offrira pas. Si Samilia n'est pas déjà à toi, elle ne le sera jamais. Les dieux, sûrement, ont décidé de vous en priver tous les deux. Vous êtes de force et de ruse égales. Vous vous épuisez l'un l'autre et la guerre seule grandit. Abandonne, Kouame. Il n'y a pas de honte à cela. Enterre tes morts et crache sur cette ville qui t'a tant coûté. Crache sur Samilia au visage de cendres. La vie, ici, ne fait que s'écouler doucement hors de toi. Tu perds tes années sur les murailles de Massaba. J'ai tant d'autres choses pour toi. Laisse cette femme à Sango Kerim ou à quiconque en voudra. Il n'y a rien à attendre d'elle que les cris et le sang dans les draps. Je vois comment tu me regardes et je sais ce que tu penses. Non. Je n'ai pas peur de Sango Kerim. Non. Je ne fuis pas le combat. Je suis venue ici pour essayer de laver ton offense. Il n'est pas lâche, celui qui fait cela. Mais il n'y a pas de gloire à mener les siens au trépas. Résigne-toi, Kouame. Viens avec moi. Nous offrirons à Sako et aux siens l'hospitalité en notre royaume pour qu'ils ne soient pas égorgés ici après notre départ. Nous quitterons tous Massaba, de nuit. Sans rien dire. Et au matin, c'est d'une ville morte que ces chiens prendront possession, et crois-moi, tu n'entendras, au loin, aucun cri de joie. Car à l'instant même où ils pénétreront dans les rues mornes et sans vie de Massaba, ils comprendront qu'il n'y a pas de victoire. Ils comprendront même, en serrant les dents de rage, que nous avons quitté la guerre pour embrasser la vie et que nous les laissons là, dans la poussière des batailles, au milieu de la mort et des chimères."

Ainsi parla Mazébu. Kouame l'écouta sans rien dire, le visage fermé. Il ne la quitta pas des yeux. Lorsqu'elle eut fini, il lui dit simplement :

"Tu m'as donné la vie deux fois, mère. Le jour où tu accouchas de moi. Et le jour où tu vins sauver Massaba. Tu n'as à rougir de rien. La gloire marche devant toi. Rentre en paix au royaume mais ne me demande pas de te suivre. Il me reste, à moi, une femme à prendre et un homme à tuer."

L'impératrice Mazébu quitta Massaba. De nuit. Sur son zébu royal. Escortée par une dizaine d'amazones. Elle laissa derrière elle son fils qui rêvait de noces sanglantes. Elle laissa les sept collines plongées dans une mort lente.

La guerre reprit et la victoire ne choisissait pas son camp. Les deux armées devenaient de plus en plus crasseuses et épuisées. C'était partout de pauvres silhouettes décharnées. Des corps secs et usés par le deuil et les années.

Depuis plusieurs nuits, le cadavre de Tsongor était tourmenté. Il était secoué de soubresauts, comme un enfant sous la fièvre. Dans son sommeil de mort, des grimaces passaient sur son visage. Il arrivait souvent que Katabolonga le voie se boucher les oreilles de ses deux mains de squelette. Le rampant ne savait que faire. Quelque chose se jouait là qui lui échappait. Il ne pouvait que contempler la progression de l'anxiété sur le corps du vieux souverain. Une nuit, enfin, Tsongor, à bout de forces, ouvrit les yeux et se mit à parler. Sa voix avait changé. C'était la voix d'un homme vaincu.

"Le rire de mon père est revenu", dit-il.

Du père de Tsongor, Katabolonga ne savait rien. Jamais il n'en avait parlé. Il lui avait toujours semblé que Tsongor était né de l'union d'un cheval et d'une cité. Il resta silencieux et Tsongor continua :

"Le rire de mon père. Je l'entends sans cesse résonner dans mon esprit. Avec les mêmes intonations que le dernier jour où je le vis. Il était sur son lit. On m'avait fait chercher en me disant qu'il ne tarderait plus à mourir. A peine me vit-il qu'il se mit à rire. Un rire horrible de mépris qui a secoué tout son vieux corps fatigué. Il riait avec haine. Il riait pour m'insulter. Je ne suis pas resté. Je ne l'ai plus jamais revu. C'est à cet instant-là que j'ai décidé de ne rien attendre de lui. Son rire me disait

162

qu'il ne céderait rien. Il riait sur mon espoir d'héritage. Il se trompait. Quand bien même il m'aurait
légué son petit royaume borgne, je n'en aurais pas
voulu. Je voulais plus. Je voulais bâtir un empire
qui ferait oublier le sien. Pour effacer le rire. Tout
ce que j'ai fait depuis ce jour, les campagnes, les
marches forcées, les conquêtes, les villes construites,
tout cela, je l'ai fait pour me tenir loin du rire de
mon père. Mais il revient aujourd'hui. Je l'entends
dans ma nuit comme je l'entendais autrefois. Avec
la même sauvagerie. Sais-tu ce que me dit ce rire,
Katabolonga ? Il me dit que je n'ai rien transmis
aux miens. J'ai bâti cette cité. Tu le sais mieux que
quiconque. Tu étais à mes côtés. Elle était faite
pour durer. Qu'en reste-t-il maintenant ? C'est la
malédiction des Tsongor, Katabolonga. De père
en fils, rien que de la poussière et du mépris. J'ai
échoué. Je voulais avoir un empire à léguer. Que
mes enfants l'agrandissent encore. Mais mon père
est revenu. Il rit. Et il a raison. Il rit sur la mort de
Liboko. Il rit sur l'incendie de Massaba. Il rit. Tout
s'effondre et tout meurt autour de moi. J'ai été
présomptueux. Je sais ce que j'aurais dû faire.
Pour transmettre à mes enfants ce que j'étais, j'aurais dû leur transmettre le rire de mon père. Les
convoquer tous, à la veille de ma mort, et ordonner que l'on brûle Massaba sous leurs yeux. Qu'il ne
reste plus rien. J'aurais dû faire cela. Et rire pendant l'incendie, comme mon père riait autrefois.
A ma mort, ils n'auraient eu qu'un petit tas de
cendres en héritage. Et un appétit féroce. Ils
auraient tout eu à reconstruire. Pour retrouver le
bonheur de la vie d'autrefois. Je leur aurais transmis le désir de faire mieux que moi. Rien d'autre
en héritage que cet appétit qui leur aurait serré le
ventre. Ils m'auraient détesté peut-être, comme j'ai
détesté le rire de ce vieillard qui m'insultait sur son
lit de mort. Mais par cette haine des pères, nous

aurions été proches. Ils auraient été mes fils. Aujourd'hui que sont-ils ? Le rire a raison. J'aurais dû tout détruire."

Katabolonga ne parlait pas. Il ne savait que dire. Massaba était détruite. Liboko tué. Peut-être Tsongor avait-il raison. Peut-être n'avait-il réussi à transmettre aux siens que la violence sauvage du cheval de guerre. Le goût des flammes et du sang. Tsongor avait cela en lui. Katabolonga le savait mieux que quiconque.

"Tu dis vrai, Tsongor, répondit-il doucement au roi. Tu as échoué. Tes enfants dévorent ton empire et ne garderont rien de toi. Mais je suis là, moi. Et tu m'as légué à Souba."

D'abord Tsongor ne comprit pas. Il ne voyait pas comment Katabolonga pouvait penser qu'il avait été offert en héritage à son fils. Mais petit à petit, il lui sembla, sans qu'il puisse dire pourquoi, que cela était juste. Tout allait être détruit. Tout. Il ne resterait plus que Katabolonga. Impassible dans les ruines. Détenant en lui-même tout l'héritage de Tsongor. La fidélité de Katabolonga qui attendait Souba. Avec sa patience têtue et inébranlable. Il avait peut-être transmis cela à Souba. Oui. Sans même que son fils le sache. La fidélité calme de Katabolonga. Il ferma les yeux. Oui. Son ami devait avoir raison. Car le rire de son père ne résonnait plus sous son crâne.

Non, la victoire ne venait pas. Mazébu avait quitté Massaba et Kouame commençait à penser qu'elle avait raison. Jamais il ne vaincrait. Il ne pouvait se résoudre à partir comme le lui avait conseillé sa mère. Ce n'était pas par peur d'être traité de lâche. Il se moquait de cela. Mais l'idée qu'il laissait derrière lui Sango Kerim jouissant de Samilia lui faisait horreur. Il imaginait leurs étreintes à venir et cela provoquait en lui des hoquets de dégoût. L'envie de se battre, pourtant, l'avait abandonné. Il était devenu moins ingénieux. Il montait à la charge avec moins de rage. Un soir, en revenant du combat qui, encore une fois, avait été une pauvre mêlée dont personne n'était sorti vainqueur, il contempla ses compagnons. Le vieux Barnak s'était courbé avec le temps. Il avançait, le dos voûté. On voyait ses omoplates poindre à travers la peau. Il parlait seul et plus rien, désormais, ne pouvait le distraire de ses rêves enfumés. Arkalas, lui, ne quittait plus ses habits de guerre. Il riait le soir, dans sa tente, aux fantômes qui l'entouraient. Sako était encore vigoureux mais la barbe qu'il s'était laissé pousser durant toutes ces années lui donnait des airs de vieil ermite guerrier. Seul Gonomor, peut-être, n'avait pas changé. Mais c'est qu'il était le prêtre des dieux et que le temps, sur lui, avait des griffes plus légères. Kouame contempla la horde de ses amis qui revenaient du champ de bataille en laissant traîner leurs armes, leurs pieds et leurs pensées dans la poussière, il vit cette troupe hirsute d'hommes qui avaient cessé de vivre, de parler, de rire depuis si longtemps. Il les engloba du regard et murmura :

"Ce n'est pas possible. Cela doit cesser."

Au matin, il ordonna que tout le monde se prépare pour descendre dans la grande plaine de Massaba. Il envoya un messager dire à Sango Kerim qu'il l'attendait. Il lui demandait de venir avec Samilia. Il donnait sa parole qu'aucune ruse, aujourd'hui, ne serait tentée.

Les deux armées se préparèrent comme tant de fois auparavant. Mais chacun, à l'instant de passer son armure de cuir ou de seller son cheval, avait le sentiment qu'il se passerait aujourd'hui quelque chose qui altérerait le cours régulier du massacre.

Les deux armées descendirent au rythme lent du pas des chevaux dans la plaine. Les sabots des bêtes écrasaient au passage des crânes et des ossements. Lorsque les deux armées se firent face, à quelques dizaines de mètres l'une de l'autre, elles se figèrent. Ils étaient tous là. Du côté des nomades, il y avait Rassamilagh, Bandiagara, Orios, Danga et Sango Kerim. Face à eux, silencieux, se tenaient Sako, Kouame, Gonomor, Barnak et Arkalas. Aux côtés de Sango Kerim, il y avait Samilia. Elle montait un cheval noir de jais. Son visage était caché sous les voiles. Elle était droite et impassible dans ses habits de deuil.

Kouame alors s'avança. Lorsqu'il fut à quelques pas de Sango Kerim et de Samilia, il parla avec force, pour que chacun puisse entendre ce qu'il avait à dire.

"Il m'est étrange, Sango Kerim, de me trouver à nouveau face à toi, dit-il. Je ne le nie pas. J'ai longtemps cru que ta mère avait accouché d'un cadavre et qu'il me suffirait de te bousculer pour voir tes os tomber dans la poussière. Mais nous n'avons pas cessé de nous battre et aucun de mes coups n'a su te faire tomber. Je me trouve à nouveau face à toi, à portée de main presque, et j'ai envie de fondre sur toi, tant il me semble que tu es près et facile à tuer. Je le ferais si je ne savais qu'encore une fois, les dieux nous sépareraient sans que j'aie pu tremper mes lèvres dans ton sang. Je te hais, Sango Kerim, n'en doute point. Mais il n'y a pas de victoire pour moi, je le sais.

— Tu dis ce qui est, Kouame, répondit Sango Kerim. Je n'aurais jamais cru que je pourrais me tenir si près de toi sans tout faire pour te trancher la gorge. Mais à moi aussi les dieux ont murmuré que cette joie-là, ils ne me l'offriraient pas.

— Je regarde ton armée, Sango Kerim, reprit Kouame, et je m'aperçois, avec plaisir, qu'elle est dans le même état que la mienne. Ce sont deux foules harassées de fatigue qui se tiennent à leur lance pour ne pas tomber. Nous devons admettre, Sango Kerim, que nous sommes à bout de souffle et que seule la mort, dans cette plaine, continue à croître.

— Tu dis ce qui est, Kouame, répéta Sango Kerim. Nous marchons comme des somnambules au combat.

— Voilà ce que j'ai pensé, Sango Kerim, reprit Kouame après un temps. Aucun de nous deux, après tant de combats, n'acceptera de céder Samilia. Il y aurait trop de honte à capituler. Il n'y a qu'une seule solution.

— Je t'écoute, dit Sango Kerim.

— Que Samilia fasse ce que son père a fait avant elle. Qu'elle se donne la mort. Pour sceller la paix", dit Kouame.

Il y eut un brouhaha immense dans les deux armées. C'était un vacarme de cliquetis de harnais et de phrases que l'on se répétait. Sango Kerim était pâle et bouche bée. Il ne put que demander :

"Que dis-tu ?

— Elle ne sera à personne, répéta Kouame, tu le sais comme moi. Nous mourrons tous sans l'obtenir. Samilia est le visage du malheur. Qu'elle tranche d'elle-même la gorge sur laquelle personne, jamais, ne posera la main. Ne crois pas que je la condamne ainsi avec facilité. Jamais je n'ai autant désiré la faire mienne qu'aujourd'hui. Mais avec la mort de Samilia, nos deux armées suspendent le combat et évitent le trépas."

Kouame avait parlé avec fougue. Il avait maintenant le visage rouge. On voyait que ce qu'il venait de dire le brûlait. Il se tordait sur son cheval.

"Comment oses-tu parler ainsi ? lui répondit Sango Kerim. J'ai cru, un instant, que tu étais sensé mais je vois que ces années de combats t'ont fait perdre l'esprit."

Kouame exultait. Non pas tellement à cause de ce que venait de dire Sango Kerim. Il avait à peine entendu. Non. A cause de cette rage qui bouillait en lui. Ce qu'il avait dit, il n'avait pas envie de le dire. Il voyait Samilia, impassible, en face de lui, et il la condamnait à mort alors qu'il avait envie de l'étreindre. Mais il avait parlé. Avec fièvre. Et maintenant, il fallait aller jusqu'au bout. Quitte à devenir fou de douleur.

"Ne prends pas cet air outragé, Sango Kerim, reprit Kouame. Tu défends cette femme. Cela t'honore. Mais ce que j'ai à t'apprendre te fera changer d'avis. Elle s'est offerte à moi, la femme que tu chéris. Alors même qu'elle avait choisi ton camp, elle m'a

abandonné son corps, une nuit, dans le campement.
Je ne mens pas. Elle est là. Elle peut le dire. Est-ce
vrai, Samilia ?"

Il y eut un silence de pierre. Les vautours, même,
cessèrent de piquer les lambeaux de chair des
cadavres et tournèrent la tête vers l'attroupement
des guerriers. Samilia était impassible. Son visage
toujours caché sous les voiles, elle dit :

"C'est vrai.

— Et t'ai-je violée ? demanda Kouame à demi
fou.

— Personne, jamais, ne m'a violée ni jamais ne
le fera", répondit Samilia.

Le visage de Sango Kerim était transfiguré. Une
rage froide le paralysait. Il ne pouvait ni bouger, ni
parler. Kouame continua, de plus en plus échauffé.

"Comprends-tu, Sango Kerim ? Elle ne sera jamais
à aucun de nous deux. Et nous continuerons à
nous massacrer. Il n'y a que cela de possible. Qu'elle
se tue. Qu'elle le fasse comme l'a fait son père."

Sango Kerim, alors, tourna son cheval vers Samilia et il s'adressa à elle devant la foule de ses guerriers médusés.

"Pendant tout ce temps, j'ai lutté pour toi, dit-il.
Pour être fidèle au serment d'autrefois. Pour t'offrir mon nom, ma couche et la ville de Massaba.
J'ai dressé pour toi une armée de nomades qui
tous, par amitié pour moi, ont accepté de venir
mourir ici. Aujourd'hui j'apprends que tu t'es offerte
à Kouame. Qu'il a joui de toi. Alors oui, je me range
à ses côtés et comme lui, je demande ta mort.
Regarde tous ces hommes, regarde ces deux armées
mêlées. Et dis-toi que d'un geste de la main, tu
peux épargner leur vie. Je n'accepterai pas, malgré ta souillure, de t'abandonner à Kouame. Car
alors, je serais doublement humilié. Mais si tu te
tues, tu n'es plus à personne. Et tu entendras, au
moment où ton esprit chavirera et où tes cheveux

seront baignés de sang, tu entendras le grand hourra de tous ces guerriers à qui tu auras rendu la vie."

Kouame souriait comme un dément aux paroles de Sango Kerim. Il allait et venait dans les rangs de son armée et demandait à tous : "Voulez-vous qu'elle meure ? Voulez-vous qu'elle meure ?" et de plus en plus, des deux côtés, des voix s'élevaient pour hurler : "Oui. Qu'elle meure." Ce furent des dizaines de voix, puis des centaines, puis l'armée tout entière. Ces hommes semblaient retrouver subitement un espoir. Ils regardaient ce petit corps, noir, immobile, et ils comprenaient qu'il suffisait qu'elle disparaisse pour que tout cesse. Alors oui, chacun d'eux hurlait. De plus en plus fort. Ils criaient tous. Avec joie. Avec fureur. Oui, il fallait que Samilia meure. Et tout pouvait finir.

D'un geste de la main, Sango Kerim fit revenir le silence et tous, alors, se tournèrent vers cette femme muette. Lentement, elle remonta son voile. Tous les guerriers purent voir le visage de celle pour qui ils mouraient depuis si longtemps. Elle était belle. Elle prit la parole, et le sable de la plaine se souvient encore de ses paroles.

"Vous voulez ma mort, dit-elle. Devant vos hommes réunis, vous voulez achever la guerre. Soit. Tranchez-moi la gorge et scellez votre paix. Et si aucun de vous deux n'a ce courage, qu'un homme du rang se présente et fasse ce que son chef n'ose faire. Je suis seule. Devant des milliers d'hommes qui m'encerclent. Je ne fuirai pas et si je me débats, vous ne serez pas longs à me maîtriser. Allez. Je suis là. Qu'un d'entre vous marche sur moi et que tout s'achève. Mais non. Vous ne bougez pas. Vous ne dites rien. Ce n'est pas ce que vous voulez. Vous voulez que je me tue moi-même. Et vous osez me le demander en face. Jamais. Vous m'entendez. Je n'ai rien demandé, moi. Vous vous êtes présentés à mon père, avec des présents d'abord, puis avec des armées. La guerre a éclaté. Qu'ai-je gagné ? Des nuits de deuil, des rides et un peu de poussière. Non. Jamais je ne ferai cela. Je ne veux pas quitter la vie. Elle ne m'a rien offert. J'étais riche, ma cité est détruite. J'étais heureuse, mon père et mon frère sont enterrés. Je me suis offerte à Kouame. Oui. La veille de ce jour qui, sans la venue de Mazébu, aurait vu la chute de Massaba. Et si je l'ai fait, c'est que l'homme qui s'est présenté à moi cette nuit-là était déjà mort. Je lui ai fait l'amour comme on caresse les tempes d'un mort. Pour qu'il sente le plus longtemps possible, en avançant dans les ténèbres, l'odeur de la vie. Tu viens ici, Kouame, et tu révèles cela devant l'armée tout entière. Mais ce n'est pas à toi que je me suis offerte. C'est à ton ombre vaincue. Soyez maudits, tous les deux, d'oser vouloir que je me tue. Et vous mes frères, vous ne dites rien. Vous n'avez pas eu un mot pour vous opposer à ces deux lâches. Je le vois à votre regard, vous consentez à ma mort. Vous l'espérez. Soyez maudits vous aussi, par le roi Tsongor, votre père. Entendez bien ce que vous dit Samilia. Jamais je ne tournerai le couteau contre ma chair. Si vous voulez me voir mourir, frappez vous-mêmes et salissez vos mains. Je dis plus encore. A partir de ce jour, je ne suis plus à personne. Je crache sur toi, Sango Kerim, et sur nos souvenirs d'enfance. Je crache sur toi, Kouame, et sur la mère qui t'a donné le jour. Je crache sur vous, mes frères, qui vous détruisez l'un l'autre avec la haine de vos viscères. Je vous offre une autre solution pour cesser la guerre. Je ne serai plus à personne. Même en me tirant par les cheveux, vous ne me forcerez pas à entrer dans une de vos couches. Plus rien ne vous force à la guerre. Car à partir de ce jour, ce n'est plus pour moi que vous vous battez."

Dans un silence profond, Samilia, sans un regard pour ses frères, tourna le dos aux deux armées et s'en alla. Elle était seule. Sans rien. Elle laissait sa vie derrière elle. Kouame et Sango Kerim étaient déjà sur le point de la rattraper mais un cri étrange les en empêcha. Un cri qui s'élevait des rangs de l'armée de Kouame. Puissant et rauque. Une voix qui semblait venir de siècles lointains.

"Fils de chien, je te retrouve enfin. Que ton nom, à jamais, soit celui d'une lignée de cadavres."

Tout le monde chercha d'où venait la voix et à qui elle s'adressait. Les hommes se tournèrent en tous sens. Avant qu'on ait compris qui parlait de la sorte, un prodigieux hurlement de guerre retentit et on vit, comme une flèche, Arkalas sortir des rangs. C'était lui, le guerrier fou, qui avait proféré ces insultes. C'était lui dont personne n'avait reconnu la voix parce qu'il n'avait pas parlé depuis si longtemps : Bandiagara se tenait là, aux côtés de Sango Kerim. Arkalas avait mis du temps à le reconnaître. Le temps avait passé depuis ce jour sanglant où, sous l'emprise du sort de Bandiagara, il avait massacré méthodiquement tous les siens. Soudain, dans son esprit agité, il avait tout revu. Et c'est alors qu'il avait pris la parole. En une seconde il fut sur son ennemi. Et avant que quiconque ait pu faire un geste, il sauta de son cheval et s'agrippa comme une chauve-souris vorace au visage de Bandiagara. Avec une fureur de hyène, il lui mangeait le visage. Il y faisait de grands trous à pleines dents. Le nez. Les joues. Il arrachait tout.

La panique gagna les guerriers. Arkalas entraîna dans sa suite les deux armées. Et ce fut la mêlée à nouveau. Kouame et Sango Kerim ne purent se lancer à la poursuite de Samilia. En un instant, des dizaines d'hommes se pressèrent autour d'eux et ils durent livrer bataille. Assaillis à nouveau de toutes parts. Incapables de se soustraire aux mâchoires de la guerre. Et Samilia, lentement, disparut derrière la dernière colline.

172

La bataille dura toute la journée. Et lorsque les armées se séparèrent, Sango Kerim et Kouame étaient hagards de fatigue et couverts de sang. Personne, cette nuit-là, ne trouva le sommeil. Ni dans la cité, ni au milieu des tentes nomades. Des cris horribles ne cessèrent de retentir dans l'obscurité. C'étaient les cris défigurés de Bandiagara. Il était là, au milieu de la plaine, encore accroché à la vie. Arkalas était penché sur lui. Il l'avait extirpé de la mêlée pour se consacrer tout entier à sa torture et maintenant que la plaine était vide il était revenu, comme un chien qui tire sa dépouille. On ne les voyait pas, mais on entendait les hurlements plaintifs de Bandiagara mêlés aux rires de son bourreau carnassier. Arkalas continuait, lambeau par lambeau, à le déchiqueter. Le corps de Bandiagara était une plaie mastiquée qui suintait de pleurs. Mille fois il pria son tueur de l'achever et mille fois Arkalas rit aux éclats et plongea ses dents dans son corps.

Aux premières lueurs du jour, enfin, il mourut. C'est un tas de viande ouverte, méconnaissable, qu'Arkalas abandonna aux insectes. Ses dents, à partir de ce jour, restèrent rouges de sang. En souvenir de sa vengeance carnassière.

La construction du tombeau des tortues fut la plus longue et la plus pénible de toutes. La puanteur rendait les journées interminables. Les ouvriers travaillaient sans enthousiasme. Ils construisaient quelque chose de laid et cela leur pesait.

Lorsque le tombeau fut achevé, Souba quitta la région et erra à nouveau sur les routes du royaume. Il ne savait plus où aller. Le tombeau des tortues avait tout remis en cause. Faire le portrait de son père était impossible. Que savait-il, au fond, de l'homme qu'avait été Tsongor ? Plus il arpentait le royaume et plus il se sentait incapable de répondre à cette question. Il voyait ces villes immenses entourées de puissantes murailles. Ces routes pavées qui liaient les régions les unes aux autres. Il voyait des ponts, des aqueducs et il savait que tout cela était l'œuvre de Tsongor. Mais plus il découvrait l'immensité du royaume, plus il prenait conscience de la force sauvage et implacable qu'il avait fallu pour imposer un tel pouvoir. On lui avait raconté les conquêtes de Tsongor comme les légendes d'un héros. Il voyait maintenant que la vie de son père avait été faite de rage et de sueur. Assujettir des régions entières. Faire le siège de villes opulentes jusqu'à les faire mourir d'asphyxie. Massacrer les insoumis. Décapiter les vieux souverains. Souba arpentait le royaume et se rendait compte qu'il ne savait rien du jeune Tsongor. De ce qu'il avait fait. De ce qu'il avait infligé aux autres et de ce qu'il avait subi lui-même. Il essayait d'imaginer l'homme qui avait mené, durant toutes ces années de conquêtes, son armée au-delà de l'épuisement. Ce Tsongor-là, seul Katabolonga l'avait connu.

Il fallait un lieu qui dise tout à la fois. Un lieu qui dise le roi, le conquérant, le père et le tueur. Un lieu qui dise les plus intimes secrets de Tsongor, ses peurs, ses désirs et ses crimes. Mais un lieu comme cela, le royaume, certainement, n'en possédait pas.

Souba se sentit harassé par l'ampleur de sa tâche. Pour la première fois, il lui semblait qu'il passerait peut-être sa vie entière à chercher et qu'il mourrait sans avoir trouvé.

C'est alors qu'il arriva, au détour de son errance, dans les collines aux deux soleils. En fin de journée, la terre, ici, semblait scintiller de lumière. Le soleil se couchait lentement et les collines s'illuminaient de reflets d'amandes. Quelques villages semblaient flotter dans la lumière. Souba s'arrêta pour contempler la beauté du paysage. Il était au sommet d'une colline. Il faisait encore chaud, de cette chaleur voluptueuse de fin d'après-midi. Devant lui, à quelques mètres, s'élevait un haut cyprès solitaire, immobile. Souba ne bougeait plus. Il voulait laisser cet instant le pénétrer. "C'est ici, pensa-t-il. Ici. Au pied du cyprès. Simplement. Il n'y a besoin de rien d'autre. Un tombeau d'homme. Qui se laisse traverser de lumière. Ici. Oui. Sans rien toucher." Il ne bougeait plus. Il lui semblait être chez lui. Tout lui paraissait familier. Il réfléchit longtemps mais petit à petit une idée naissait en lui qui le tourmentait. Non. Cela ne pouvait convenir pour Tsongor. Cette humilité, cet effacement ne lui ressemblaient pas. Ce n'était pas Tsongor qui devait être enterré ici, mais lui, Souba, le fils à la vie d'errance. Oui. Il en était sûr maintenant. C'est ici qu'il devait être enseveli au jour de sa mort. Tout le lui disait.

Alors, doucement, il descendit de sa mule et approcha du cyprès. Il s'agenouilla et de ses lèvres embrassa le sol. Puis il prit une poignée de terre et la mit dans une des amulettes qu'il portait autour du cou. Il voulait porter sur lui l'odeur de la terre des deux soleils qui lui offrirait, un jour, l'ultime hospitalité. Il se releva et murmura aux collines et à la lumière :

"C'est ici que je veux être enseveli. Je ne sais pas quand je mourrai mais aujourd'hui j'ai rencontré le lieu de ma mort. C'est ici. Je ne l'oublierai pas. C'est ici que je reviendrai au tout dernier jour."

Puis, lorsque le soleil fut enfin couché, il se remit en selle et disparut. Il savait maintenant ce qu'il avait à faire. Il avait trouvé le lieu de sa mort. Il devait en être ainsi pour chaque homme. Chacun avait une terre qui l'attendait. Une terre d'adoption dans laquelle se fondre. Il en était de même pour Tsongor. Il y avait quelque part un lieu qui lui ressemblait. Il lui suffisait de voyager. Il finirait par trouver. Il ne servait à rien de construire des tombeaux. Il ne parviendrait jamais à bâtir le portrait vrai et complet de son père. Il fallait voyager. Le lieu existait. Il serrait son amulette. Il avait trouvé la terre qui le recouvrirait. Il fallait maintenant trouver la terre de Tsongor. Ce serait une évidence. Il le sentait. Une évidence. Et sa tâche serait accomplie.

CHAPITRE VI

DERNIÈRE DEMEURE

Tout en parcourant le royaume, Souba, sur sa selle, contemplait ses mains. La lanière de cuir des rênes pendait entre ses doigts. Mille petites rides étaient apparues sur ses phalanges. Le temps avait passé, et ses mains en portaient la trace. Sa propre solitude finissait par l'hypnotiser. Il resta ainsi sur sa selle, tête baissée, toute une journée, oubliant de s'arrêter, oubliant de manger, absorbé par l'idée que sa vie allait s'écouler sur cette selle sans qu'il parvienne à achever sa mission, s'il restait seul. Le royaume était immense. Il ne savait où chercher. Il avait entendu parler de l'oracle des terres sulfureuses. Il décida qu'il irait le trouver.

Dès le lendemain, il se dirigea vers ces terres et se trouva bientôt au milieu d'un pays de roches abruptes. Le soufre donnait à la terre une couleur jaune. Des fumées de vapeur s'échappaient de la roche. On aurait dit une terre volcanique prête, à tout moment, à s'ouvrir pour laisser s'échapper de hauts jets de lave. L'oracle était là. Au milieu de ce paysage aride. C'était une femme. Assise à même le sol. Son visage était caché par un masque en bois qui ne représentait rien. Ses seins dodelinaient au milieu de lourds colliers usés.

Souba s'assit en face d'elle. Il voulut se présenter et poser la question qui l'amenait mais, d'un geste de la main, elle lui fit signe de se taire. Elle

lui tendit un bol et il but le breuvage qu'il contenait. Elle manipula des osselets et des racines brûlées qu'elle frotta les uns aux autres. Elle l'invita à
se recouvrir le visage et les mains de graisse. Enfin,
il sentit qu'il pouvait poser sa question.

"Je m'appelle Souba. Je suis le fils de Tsongor.
Je cherche, parmi l'immense royaume de mon père,
un lieu où l'enterrer. Un endroit où la terre l'attend. Je cherche et ne trouve pas."

L'oracle d'abord ne répondit rien. La vieille
femme but à son tour un peu de breuvage et recra-
cha d'un coup le liquide en une grande gerbe qui
s'évapora dans l'air. Alors seulement Souba entendit sa voix. Une voix aiguë et rêche qui faisait
trembler le sol tout autour de lui.

"Tu ne trouveras ce que tu cherches, dit-elle,
que lorsque tu seras toi-même un Tsongor. Que
lorsque tu auras honte de toi."

Elle regarda fixement Souba et se mit à rire en
répétant :

"Honte, oui. Je t'aiderai pour cela. Tu connaîtras
la honte, crois-moi."

Elle riait toujours. Souba resta bouche bée. Il
sentit la colère monter en lui. La vieille n'avait pas
répondu à sa question. Son rire. Ses dents jaunes.
Tout cela était une insulte. Elle se moquait de lui.
Son père était le roi Tsongor. Il n'avait pas de honte
à connaître. Ce n'était pas la honte que les Tsongor se transmettaient de père en fils. Tout cela
était absurde et offensant. Une vieille folle qui se
moquait de lui. Il pensa se lever et partir mais il
voulait poser une autre question. Il se fit violence
et reprit la parole. Il voulait avoir des nouvelles de
sa cité. De Massaba, bien sûr, il avait entendu parler. Mais c'était toujours la même phrase qui revenait : "Ils se battent toujours là-bas." La rumeur ne
disait rien d'autre. Aucun détail ne lui parvenait
plus. Il n'y avait plus personne pour savoir qui avait

lancé la dernière attaque et qui l'avait repoussée. C'était la guerre. Et il ne savait rien de plus. Il demanda à l'oracle des nouvelles des siens et, à nouveau, elle cracha au ciel un jet de liquide bleu qui s'évapora. Puis elle lui hurla au visage :

"Morts. Ils sont tous morts. Ton frère Liboko, le premier. Comme un rat. Les autres suivront. Ils mourront tous. Chacun à leur tour. Comme des rats. Un par un."

Et à nouveau le rire lui tordit le visage. Souba était abasourdi. Il se boucha les oreilles pour ne plus rien entendre mais la pierre semblait rire sous lui. Il ne parvenait pas à se soustraire aux ricanements de la vieille. Il imaginait son frère Liboko, gisant dans la poussière. Alors la colère s'empara de lui. D'un bond il se dressa sur ses jambes, saisit un bâton lourd et noueux et de toutes ses forces l'abattit sur l'oracle. Un coup sourd retentit. Il l'avait frappée en pleine tête. Le rire cessa. Le corps tomba de tout son poids. Inerte. Souba n'entendait plus rien. Ne voyait plus rien. Il tenait serré le bâton entre ses mains. La colère était encore là. Liboko. Ses frères. Il frappa à nouveau. Il frappa encore et encore. Puis enfin, essoufflé, en sueur, il lâcha le bâton et recouvra ses esprits. Un paquet de chair était à ses pieds. Sans vie. Il fut saisi de terreur et s'enfuit.

Il piqua les flancs de sa mule sans savoir où aller. Il ne parvenait pas à chasser le visage de la vieille. Il avait tué. Pour rien. Pour un rire. Par colère. Il avait tué. Le rire. La voix. Cette force sourde qui grognait en lui. Comme une vague qui l'avait submergé. Il avait tué. Il avait cela en lui. Une rage suffisante pour tuer. Le meurtre dans le sang. Il était un Tsongor. Capable de cela, lui aussi.

Pendant plusieurs jours, il se laissa porter par sa mule, incapable de choisir une direction, dérivant au gré des sentiers. Ses mains tremblaient. Il avait laissé le bâton derrière lui. Il ne parlait plus. Une immense fatigue l'envahissait. La violence était là. Il l'avait éprouvée. C'était la violence sauvage des Tsongor. Celle qui coulait dans le sang de ses frères. Oui. Il s'était donné au plaisir voluptueux de la colère. Il avait tué l'oracle. Il le savait maintenant, il n'était pas meilleur que ses frères. Lui aussi pouvait tuer pour Massaba. Et seul l'ordre de son père le tenait éloigné du carnage et de la fièvre du combat.

Il déambulait sur les routes, sans manger, sans s'arrêter, épuisé de fatigue et d'horreur. Il déambulait, la tête basse, fuyant instinctivement toute forme de vie. Il voulait être seul. Invisible. Il lui semblait que son crime se lisait sur ses mains. Il pleurait parfois en murmurant : "Je suis un Tsongor. Je suis un Tsongor, éloignez-vous de moi."

Samilia avait quitté Massaba. Comme une captive qui s'enfuit. Sans rien prendre avec elle. Les premiers jours, elle pensa qu'il lui faudrait livrer bataille et elle s'y préparait. Sango Kerim et Kouame ne tarderaient pas à la rattraper et elle devrait, à nouveau, hurler qu'on la laisse. Elle était décidée. Elle ne voulait plus rien céder. Mais le temps passait et ni Sango Kerim ni Kouame ne venait. Personne, manifestement, n'était à sa poursuite. Elle avait eu raison. Elle n'était plus rien. Au début, c'est pour elle qu'ils avaient commencé la guerre. Mais dès le premier mort, dès le premier homme à venger, elle n'avait plus été l'enjeu des combats. Le sang appelait le sang et les prétendants avaient fini par l'oublier. Personne n'était à sa poursuite, que le vent des collines.

La vie, dès lors, ne fut plus pour elle qu'une longue errance nomade. Elle allait de village en village, ne vivant que de l'aumône qu'on lui faisait. Sur les routes du royaume, les paysans s'arrêtaient de bêcher la terre pour regarder passer cette étrange cavalière. Ils contemplaient cette femme en noir qui allait tête baissée. Personne ne s'approchait. Elle traversait des pays entiers. Sans jamais parler. Sans jamais implorer de la vie autre chose que la force de continuer. Elle vieillit sur les routes. Allant toujours tout droit. Elle finit par atteindre les limites ultimes du royaume. Et sans même s'en apercevoir, sans un regard pour ce continent qu'elle quittait, elle passa cette dernière frontière, s'enfonça dans des terres inexplorées. Allant plus loin encore que n'avait été le roi Tsongor dans ses jeunes années. Laissant s'effacer derrière elle les terres natales du royaume et leur saveur passée. Alors vraiment, elle ne fut plus rien. Elle n'avait plus ni nom, ni histoire. Elle n'était, pour ceux qui la croisaient, qu'une silhouette étrange à qui l'on ose à peine parler et que l'on regarde passer avec le sentiment confus qu'il y a en elle quelque chose de violent qu'il vaut mieux éviter. On priait qu'elle ne s'arrête pas. Et Samilia jamais ne s'arrêtait. Elle avançait, têtue, sur les routes et les chemins. Jusqu'à n'être, pour tous, qu'un point qui disparaît au lointain.

Kouame et Sango Kerim étaient devenus deux ombres sèches aux corps exténués. Leur esprit avait vacillé avec le départ de Samilia. Ils ne pensaient plus rien. Ne désiraient plus rien. Ils ne voulaient que mordre et faire saigner la terre. Toutes ces années de guerre finissaient ainsi. Ils avaient tant tué, tant espéré et il ne leur restait, en fin de compte, que leurs souvenirs de batailles pour pleurer. Les chiens semblaient rire sur leur passage. La folie qui, jusqu'alors, leur avait grignoté les chairs les enveloppa tout entiers.

De Massaba, il ne restait plus rien. C'était une ville détruite de l'intérieur. Les maisons s'étaient effondrées. On les avait démontées pierre par pierre pour combler les trous dans la muraille. Plus rien n'avait de forme. Il ne restait qu'une enceinte protégeant un tas de ruines des assauts extérieurs. La poussière avait remplacé les pavés. Les arbres fruitiers avaient été coupés et brûlés. Samilia était partie. Et au terme du combat, la bataille, pour tous, était perdue.

Alors, une dernière fois, Kouame et Sango Kerim réunirent leurs armées dans la plaine et, une dernière fois, ils s'adressèrent la parole.

"C'est la fin, dit Sango Kerim. Tu le sais comme moi, Kouame. Nous n'avons plus qu'à achever ce qui a été commencé. Il en est encore qui doivent mourir et ne sont pas tombés. Ni toi ni moi ne pouvons nous soustraire à cette dernière mêlée. Mais je veux proclamer ici la règle du dernier jour, après quoi je me tairai et ne connaîtrai plus que la mort et la fureur. Devant nos deux armées réunies, je dis ceci : que ceux qui veulent s'en aller le fassent aujourd'hui. Vous vous êtes tous battus dignement. La guerre s'achève aujourd'hui. A partir de ce jour, c'est la vengeance qui commence. Que ceux qui ont un endroit où rentrer rentrent. Que ceux qui ont une femme à retrouver partent sur-le-champ. Que ceux qui n'ont la mort d'aucun être cher à venger posent leurs armes à terre. Pour eux, tout s'achève aujourd'hui. Ils n'auront acquis ici aucune des richesses espérées, mais ils repartent avec la vie. Qu'ils la chérissent jalousement. Pour les autres, qu'ils se préparent à entrer dans la dernière mêlée. Il n'y aura plus de répit. Nous nous battrons jour et nuit. Nous nous battrons en oubliant Massaba et ses trésors. Nous nous battrons pour nous venger.

— Ce que tu dis est juste, Sango Kerim, répondit Kouame. La guerre ne va pas au-delà d'aujourd'hui. Ce qui va naître ensuite, c'est le carnage des enragés. Que ceux qui le peuvent encore s'en aillent, sans honte, et retournent d'où ils viennent pour raconter ce que nous fûmes."

Dans les rangs des guerriers, ce fut un long silence inquiet. On se regardait. Personne n'osait bouger. Personne n'osait être le premier à partir. C'est alors que Rassamilagh prit la parole.

"Je m'en vais, Sango Kerim. Cela fait longtemps que nous avons perdu cette guerre. Cela fait longtemps que je me lève chaque jour en vaincu. Je regrette cette nuit où nous buvions l'alcool de myrte du désert et où tout aurait pu cesser. Je t'ai accompagné partout. Ce que tu as enduré, je l'ai enduré. Aujourd'hui, je me mets en paix. Si quelqu'un, ici, doit se venger de moi, si quelqu'un veut me faire payer la mort d'un frère ou d'un ami, je l'affronterai. Mais si personne ne se présente, je pars et j'ensevelis la guerre de Massaba dans le sable de mon passé."

Personne ne bougea. Lentement, Rassamilagh sortit des rangs. Ce fut alors le début d'un grand départ. Dans chaque camp, dans chaque tribu, des hommes se décidaient. Les jeunes parce qu'ils avaient encore devant eux des années à vivre et voulaient revoir leur famille. Les vieux parce qu'un désir têtu d'être enterrés chez eux les tenait. Partout on s'embrassait. Ceux qui partaient disaient adieu à ceux qui restaient. Ils les enlaçaient en les recommandant à la terre. Ils leur offraient leurs armes, leurs casques et leur monture. Mais ceux qui restaient ne voulaient rien. C'est eux, au contraire, qui voulaient donner. Ils disaient que la fin, pour eux, était proche et qu'ils n'auraient bientôt plus besoin que de la pièce que l'on glisse entre les dents des morts. Ils confiaient à ceux qui partaient leurs biens, leurs amulettes et des messages à transmettre. C'était comme un grand corps qui lentement se divise. De part et d'autre, les rangs s'éclaircissaient.

Enfin ceux qui partaient furent prêts. Ils quittèrent la plaine le jour même. Il fallait qu'ils ne soient plus là lorsque la bataille commencerait, sans quoi le spectacle de leurs compagnons pris dans la tourmente les aurait rappelés à leurs armes.

Il ne resta dans la plaine qu'une poignée d'hommes. C'étaient les fous brûlés par la guerre, qui acceptaient d'embrasser la vengeance. Tous avaient encore un homme à tuer. Tous voulaient venger un frère ou un ami et fixaient avec la haine sauvage du chien celui sur lequel ils se jetteraient.

Le vieux Barnak était là. A ses pieds, ceux qui, parmi ses compagnons, avaient décidé de partir avaient déposé leur réserve de khat. Il y en avait tant que cela formait un monticule d'herbe séchée. Lentement, il se pencha et, à pleine main, engouffra le khat dans sa bouche. Il mâchait, recrachait, se penchait à nouveau et reprenait une poignée d'herbe. Lorsqu'il eut tout recraché, il ne resta autour de lui que des bouts de racines mastiquées. Il se murmura à lui-même :

"Maintenant, je ne dormirai plus jamais."

Jamais aucun homme n'avait avalé une telle quantité de drogue. Son corps tout entier était traversé de soubresauts. Ses muscles fatigués par les années avaient à nouveau la vigueur des serpents. Les visions qui l'assaillaient lui faisaient tourner les yeux et venir la bave aux lèvres. Il était prêt.

Le signal fut donné et ce fut la mêlée. Un dernier assaut de forcenés. Il n'y avait plus de stratégie, plus de fraternité. Chacun se battait pour lui-même. Non pas pour préserver sa vie, mais pour prendre celle de l'ennemi qu'il s'était désigné. C'était comme une mêlée de sangliers. Les têtes étaient fracassées. Des jets de sang venaient inonder les visages. Les armures étaient éventrées. Une clameur horrible de râles guerriers faisait trembler les vieux murs immobiles de Massaba.

Sango Kerim et Kouame, les premiers, se ruèrent l'un sur l'autre. Et au milieu de la cohue, ils essayaient, à toute force, de se percer les flancs. Mais encore une fois, ni l'un ni l'autre ne parvenait à vaincre. La sueur perlait sur leur front. Ils s'épuisaient vainement au combat. C'est alors que surgit Barnak. D'un geste ample du bras, il décapita

Sango Kerim. Sa tête, tristement, roula dans la poussière et il n'eut pas même le temps de dire adieu à la cité qui l'avait vu naître. Déjà la vie coulait hors de lui. Kouame abaissa son glaive. Il n'en revenait pas. Son ennemi gisait là, à ses pieds. Mais il n'eut pas le temps de se réjouir de cette victoire. Le vieux Barnak le regardait maintenant avec ses yeux hallucinés. Il ne reconnaissait plus personne. Il ne voyait, partout autour de lui, que des corps à transpercer. Il enfonça son arme jusqu'à la garde dans le cou de Kouame qui le fixa avec de grands yeux étonnés. Il s'effondra à terre. Sans vie. Tué par son ami, aux pieds de son rival décapité.

Barnak, alors, fut assailli par des dizaines de guerriers, des deux camps mêlés. Ils l'encerclèrent comme des chasseurs qui acculent une bête sauvage et la harcèlent de coups. Il mourut ainsi. Frappé par des dizaines de lances. Piétiné et lapidé par les deux armées.

Partout les guerriers tombaient. Partout les corps s'entassaient. Tout s'épuisait doucement. Il ne restait plus que d'horribles blessés qui se traînaient, à la force des bras, pour tenter d'échapper au festin des hyènes qui déjà se pressaient dans la plaine. Sako fut le dernier à mourir. Son frère Danga lui ouvrit le ventre et répandit à terre ses entrailles. Dans un dernier effort, il parvint à frapper Danga au pied. Du sang jaillit du tendon sectionné mais Danga riait. Il avait gagné.

"Tu meurs, Sako, et la victoire est à moi. A moi, Massaba et le royaume de mon père. Tu meurs. Je t'ai terrassé."

Il laissa le cadavre de son frère derrière lui et voulut courir à Massaba. Pour ouvrir les portes de la ville en seigneur. Pour jouir de son bien. Mais de sa blessure, le sang continuait à couler. Il ne pouvait plus marcher et s'affaiblissait. La ville, alors, lui sembla infiniment loin. Il rampait maintenant. En riant toujours. Il ne se rendait pas compte que la prédiction s'accomplissait. Lui, le jumeau de Sako, qui était né deux heures après son frère, mourrait deux heures après lui. Ils vivraient le même temps de vie. Sako l'avait précédé dans la mort et il l'attendait. Impatient. Danga, lentement, se vida de son sang. Et de même qu'il était né le visage propulsé dans les draps baignés par le sang de son frère, il agonisa dans la poussière rouge du carnage. Tout était accompli. La mort de l'un signifiait à l'autre le terme de sa vie.

Lorsque Danga expira, sans avoir pu atteindre les portes de la ville, ce fut un immense silence qui s'abattit sur Massaba. Il n'y avait plus personne. C'était l'heure des charognards et du vol lourd des oiseaux carnassiers.

"Tu ne pleures pas, Tsongor ?"

La voix de Katabolonga résonna dans la cave immense du sépulcre. Le cadavre ne répondit pas.

"Tu ne pleures pas, Tsongor ?" répéta Katabolonga.

Tsongor entendait la voix lointaine de son ami mais ne répondait pas. Non. Il ne pleurait pas. Il les voyait passer pourtant. Tous ses enfants. Tous les guerriers de Massaba. Les derniers combattants. Ils étaient là. Sous ses yeux. Le visage fracassé. L'œil épuisé par les années de guerre. Ils étaient là, avançant d'un pas lent, comme un cortège moribond. Il discernait Kouame et Sango Kerim. Il voyait ses deux fils, Sako et Danga, qui s'agrippaient encore l'un à l'autre. Ils étaient tous là. Tsongor ne pleurait pas. Non. Il lui semblait voir passer une colonne de fous. Assoiffés de sang. Il se tenait immobile. Et n'essayait même pas de les appeler. Que du mépris. Il n'avait que du mépris pour ces combattants qui s'étaient tués jusqu'au dernier. Non. Il ne pleurait pas. Les morts, en passant devant lui, le sentirent et baissèrent la tête. Tsongor était là qui les jugeait de son regard d'ancêtre. Tsongor les laissait passer devant lui sans esquisser un mot, sans essayer de les enlacer et d'embrasser, une dernière fois, leurs tempes. La honte, alors, les saisit. Ils allèrent vers la rive, sans plus rien espérer. Tsongor les regarda disparaître. Ils étaient tous là. Il prit soin de contempler chaque corps. Chaque visage. Il était sûr, maintenant, que Samilia n'était pas parmi eux. La colère devint plus forte encore. Il parla alors, en direction des damnés. De sa voix de pierre. Avec le courroux des pères offensés.

"Vous n'aviez pas le droit, dit-il. Pas le droit de mourir. Samilia vit. Vous l'avez laissée seule. Vous prétendiez vous battre pour elle. Vous vous êtes entre-déchirés jusqu'au dernier et vous l'avez oubliée. Il n'y a plus personne pour veiller sur elle. Soyez maudits. Vous n'aviez pas le droit."

La troupe disparut lentement. Aucun d'eux n'osa se retourner. Tsongor resta là. Seule ombre à ne pouvoir traverser. Une voix lointaine le rappelait au monde des vivants. Il la reconnaissait. C'était celle de Katabolonga.

"Tu ne pleures pas, Tsongor ?"

Non. Il ne pleurait pas. Il serrait ses poings de colère, en maudissant les damnés.

Souba continuait à errer le long des routes mais son comportement avait changé. Il était comme une ombre craintive. Il évitait les villes, se tenait éloigné des hommes. Le meurtre de l'oracle ne cessait de le hanter. La honte ne lui laissait aucun répit. Il pensait à son père. A ses conquêtes. A ses crimes. Il lui semblait maintenant qu'il le comprenait. Il repensait aux mots de l'oracle. Oui. Elle avait raison. Il n'avait que dégoût pour lui-même. Il ne pensait plus aux tombeaux. L'idée d'avoir à diriger un nouveau chantier lui faisait horreur. Non. Il ne construirait pas de dernier tombeau. Il voulait fuir. Se soustraire au monde. Il était un danger pour les hommes. Ses mains pouvaient tuer. Il se dirigea lentement, comme un vieillard, vers les grands défilés du Nord. Ces hautes montagnes escarpées, sauvages et abandonnées des hommes. Il n'y avait que là où il pouvait se cacher. Que là où personne ne viendrait le trouver. Il voulait disparaître et les grands défilés lui semblaient être le labyrinthe idéal pour se perdre.

Lorsqu'il arriva, il resta interdit devant le spectacle prodigieux de ces montagnes. C'était un massif accidenté. De longs défilés le sillonnaient comme de minces chemins de pierre. Des couloirs où un seul homme pouvait s'engager. Rien, ici, n'était à l'échelle humaine. Parfois, après avoir suivi un

défilé, il arrivait sur un terre-plein. Comme une terrasse. A perte de vue ce n'était que le silence immense de la montagne. Pour la première fois depuis
le meurtre de l'oracle, il se sentit apaisé. De rares
busards déchiraient le ciel. Il était seul dans un
monde sauvage. Il se laissa porter sur sa mule.

Pendant trois jours il erra dans ce lacis de pierre,
s'en remettant aux caprices de sa monture. Sans
boire ni manger. Comme une ombre qui meurt
doucement, porté par le vent. Le quatrième jour,
alors que ses forces l'avaient quitté, il se trouva brusquement devant l'entrée d'un palais creusé dans la
roche. Il crut d'abord à une hallucination, mais l'entrée était bien là. Austère et somptueuse. C'était là.
Oui. C'était là que Tsongor devait être enterré. Il
le sut d'emblée. Il descendit de sa mule et s'agenouilla devant le palais. C'était là. Peut-être était-
ce Tsongor lui-même qui avait construit ce palais.
Oui. Peut-être était-il venu ici et avait-il ressenti
pour ce lieu ce que Souba avait éprouvé près du
cyprès des terres ensoleillées. Ou peut-être ce
palais silencieux, inconnu de tous, avait-il existé
de toute éternité. Oublié des hommes. Oui. C'était
ici qu'il fallait enterrer Tsongor. Un endroit somptueux mais caché. Un tombeau majestueux et
royal que jamais aucun homme ne trouverait.
C'était ici que Tsongor devait reposer. Les montagnes étaient à sa grandeur. Il pourrait y cacher
sa honte. Souba ne pouvait plus en douter. Une
terre qui n'était pas à l'échelle humaine. Infiniment
plus belle et plus sauvage. Un lieu hors du monde.
Il avait trouvé.

Lorsqu'il se remit en selle, il sut que le voyage
était fini. Il ne lui restait plus qu'à retourner à Massaba. Il avait construit six tombeaux de par le
royaume et avait trouvé le septième. La dernière
demeure de Tsongor. Il ne restait plus qu'à l'enterrer pour qu'il puisse enfin reposer en paix.

Plus aucune rumeur, plus aucun bruit de bataille ne venait interrompre le sommeil épais du roi. Tsongor et Katabolonga ne parlaient plus. Il n'y avait plus rien à dire. Pourtant, le vieux roi était toujours agité. Katabolonga pensait qu'il s'agissait à nouveau de la pièce rouillée. Que Tsongor, à nouveau, était déchiré par le désir de passer sur l'autre rive des morts. Mais un jour, enfin, il parla et sa voix n'avait pas résonné depuis si longtemps que Katabolonga sursauta comme un singe apeuré.

"A mes fils, dit Tsongor, j'ai légué mon empire. Ils l'ont dévoré à pleines dents et se sont tués sur un tas de ruines. Je ne pleure pas sur eux. Mais qu'ai-je légué à Samilia ? Ni l'époux que je lui avais promis, ni la vie à laquelle elle avait droit. Où est-elle aujourd'hui ? De Samilia, je ne sais rien. Elle était ma seule fille et n'a rien eu de moi. A Souba, peut-être, j'ai transmis ce que je suis. Mais Samilia est la part qui m'a échappé. C'est pour elle, pourtant, que j'avais le plus préparé mon legs. Je voulais lui donner un homme. Des terres. Je voulais que ma vie ait servi à cela. La mettre à l'abri. Que rien, jamais, ne puisse la terrasser. Que mon ombre de père veille sur elle et sur ses descendants. Je ne lui ai légué que le deuil. Le deuil de son père puis le deuil de ses frères, un à un, ajouté. La mort de ses prétendants. Le sac de la ville. Qu'a-t-elle eu de moi ? Des promesses de fête et la cendre des maisons saccagées. Samilia, c'est la part sacri-fiée. Je ne voulais pas cela. Personne ne voulait. Mais tout le monde l'a oubliée."

Tsongor se tut. Katabolonga ne répondit pas. Il n'avait rien à dire. Lui aussi avait souvent pensé à Samilia. Il s'était demandé, parfois, s'il n'était pas de son devoir d'essayer de la retrouver. Pour l'es-corter partout où elle irait. Veiller sur elle. Mais il n'en avait rien fait. Il sentait, malgré la compassion qu'il éprouvait pour elle, que ce n'était pas sa place. Sa fidélité à lui était dans l'attente de Souba. Il ne devait rien y avoir d'autre. Alors comme tous les autres, il avait laissé disparaître Samilia. Et comme tous les autres, il en portait le remords. Car il sen-tait que cette femme était sacrée. Sacrée par ce qu'elle avait traversé. Sacrée parce que tous, un à un, sans même s'en apercevoir, l'avaient sacrifiée.

Souba prit le chemin du retour. Il chevaucha des semaines entières, impatient de revoir sa terre natale et inquiet de ce qu'il y découvrirait. Sa mule avait vieilli. Elle avançait moins vite. Elle était devenue presque aveugle, mais continuait à le mener sur les chemins du royaume, sans jamais hésiter. A sa selle pendaient encore les huit nattes des femmes de Massaba qui, au fil du temps, avaient blanchi. C'était le sablier de Souba. Une vie entière avait passé. Il arriva sur la crête de la plus haute des sept collines, à l'aube. Massaba était à ses pieds. Elle lui sembla d'emblée être devenue un petit amas de pierres étriqué. Les murailles seules avaient gardé leur silhouette imposante. La plaine était vide. Il n'y avait plus ces villages de tentes qui autrefois se pressaient au pied de la cité. On ne distinguait même plus le tracé des routes qui, autrefois, charriaient des foules de marchands pressés. Il n'y avait plus rien. Souba descendit lentement dans la plaine et entra dans Massaba.

C'était une ville déserte. Plus un bruit. Plus un mouvement au milieu de ces pierres impassibles. Tout s'était désagrégé. Les habitants qui avaient survécu à la longue guerre avaient tous fini par fuir cet endroit maudit. Ils avaient tout laissé tel quel. Les places. Les maisons à moitié détruites. Le temps et la végétation s'en étaient emparés. Une mousse verte couvrait maintenant les façades. De hautes herbes folles avaient poussé dans les patios, sur les terrasses, entre les tuiles des toits et dans les fissures des murs des maisons. C'était comme si Massaba, lentement, avait été avalée par la végétation. Le lierre rongeait les maisons encore debout. Le vent faisait claquer les portes et soulevait une couche épaisse de poussière. Souba arpenta les rues de cette ville les mâchoires serrées. Massaba n'était pas tombée. Non. Elle avait pourri doucement. Les rues étaient jonchées du vestige des combats d'autrefois. Des bouts de casques. Des débris de verre. Quelques morceaux de machines de guerre calcinées.

Tout lui revenait à l'esprit. Le visage de ceux qu'il avait quittés. La présence de ses frères. Cette dernière soirée qu'ils avaient passée ensemble, la veille de son départ. Les chants. L'alcool qu'ils avaient bu alors. Il se souvenait de la main de sa sœur qui lui caressait le bras. Il se souvenait des pleurs qu'il avait versés. Il était seul à savoir que tout cela avait existé. Sa mule avançait dans la désolation et il lui semblait être vieux de plusieurs siècles. Il revoyait un monde disparu. Il arpentait des rues déjà englouties par le passé. Il était comme un survivant stupide qui voit toute une génération d'hommes mourir et reste seul, hébété, au milieu d'un monde sans nom.

Lorsqu'il entra dans le palais du vieux Tsongor, une odeur forte lui sauta au visage. Une colonie de singes avait élu domicile dans les salles immenses du palais. Il y en avait des centaines. Des milliers. Ils avaient couvert les tapis de leurs déjections. Ils sautaient d'une pièce à l'autre en s'agrippant aux lustres. Souba dut se frayer un passage parmi eux. Il les poussait du pied. C'étaient des singes hurleurs. Leurs plaintes aiguës étaient le seul son qui s'élevait maintenant de la ville. Une plainte animale. Inarticulée. Ils hurlaient ainsi des nuits entières parfois. Dans un concert déchiré qui faisait frémir les murs du palais.

Souba descendit dans la grande salle où son père reposait. Il faisait sombre. Il avança lentement, en tâtonnant devant lui. Trébucha plusieurs fois. C'est alors que, du milieu de la salle, il entendit un grand craquement suivi d'une lueur brusque qui l'éblouit. Une torche venait d'être allumée.

Il resta un instant collé contre le mur. Pris de stupeur. Il discerna lentement le tombeau sur lequel gisait son père. Au-dessus se tenait un être dont le visage était maintenant éclairé par la lueur de la torche.

"Tsongor t'attendait, Souba."

Il reconnut tout de suite cette voix. C'était comme s'il l'avait quittée la veille. L'homme qui se tenait devant lui était Katabolonga, le porteur du tabouret d'or de son père. Il était là. Aussi décharné qu'une vache sacrée. Les joues creuses. Une barbe immense lui mangeait le visage. Il était sale. Mais il se tenait droit, de toute sa taille de rampant. Il s'était nourri, durant toutes ces années, des singes qui s'étaient aventurés jusqu'à lui. Sans jamais bouger. Restant au chevet du cadavre. Souba sentit une joie profonde l'étreindre. Il restait un homme. Un homme qui connaissait le monde où il était né. Qui se souvenait du visage de ses frères, savait comme Samilia était belle et ce qu'étaient les fontaines de Massaba. Il restait cela. Ici. Au milieu des os de singe rongés et de l'obscurité, il restait un homme qui l'avait attendu et pouvait prononcer son nom.

Ils s'acquittèrent à deux de la promesse faite à Tsongor. Avec précaution, ils s'emparèrent du cadavre du roi et le remontèrent à la surface. Là, ils construisirent une sorte de brancard en bois qu'ils attelèrent à la vieille mule. Et à nouveau Souba reprit la route.

Ils quittèrent à jamais la cité reine d'autrefois, l'abandonnant au lichen et aux singes. Ils marchaient aux côtés de la mule. Sans parler. Chacun veillait sur le corps du roi mort. Soudain, à l'instant où ils furent sur la cime de la colline, ils entendirent le grand chœur plaintif des singes hurleurs. C'était comme un dernier salut de la ville. Ou comme le rire moqueur du destin qui élevait son cri de victoire, dans un pays de silence.

Souba emmena le cadavre de son père vers les montagnes pourpres du Nord. Durant le voyage, Katabolonga lui raconta ce qu'il s'était passé à Massaba. La mort de Liboko. La disparition de Samilia. L'inexorable destruction de la cité. Souba ne posait aucune question. Il n'en avait pas la force. Il pleurait simplement. Le rampant suspendait son récit, puis, lorsque les larmes avaient séché, il reprenait. Souba, ainsi, vécut l'agonie de Massaba et des siens, par la voix du vieux serviteur de Tsongor.

Arrivés aux montagnes pourpres, ils se frayèrent un chemin à travers les étroits défilés de pierre. Katabolonga regardait ce labyrinthe rocheux, ces couloirs accidentés où le soleil perçait à peine, comme il aurait regardé un lieu saint. Il y avait dans la haute silhouette des roches quelque chose d'une éternité suspendue. Personne ne vivait ici que quelques chèvres sauvages et de gros lézards qui se glissaient d'une pierre à l'autre.

Après une heure de marche dans le défilé, ils atteignirent enfin le tombeau. La façade somptueuse du palais se dressait devant eux, creusée dans la pierre ocre. Elle semblait être la porte silencieuse qui mène au cœur des montagnes.

Ils disposèrent le cadavre illustre de Tsongor dans la dernière salle du palais. Souba ajusta la

tunique royale du mort, avec des gestes attention-
nés de fils. Il se recueillit un temps, la main posée
sur le torse de son père. Il appelait son esprit. Puis
lorsqu'il sentit que le roi Tsongor était là, à nouveau, tout autour de lui, il prononça à l'oreille du
mort cette phrase qu'il avait gardée en mémoire
durant toutes ces années :

"C'est moi, père. C'est Souba. Je suis près de toi.
Entends ma voix. Je vis. Repose en paix. Tout est
accompli."

Et il embrassa le front du roi Tsongor. Alors le
cadavre, doucement, sourit. Il entendait la voix de
son fils. Il comprenait, au grain de celle-ci, plus
mûre, plus grave qu'autrefois, que les années avaient
passé. Que malgré la guerre et les massacres, une
chose, du moins, s'était produite comme il l'avait
espérée. Souba vivait. Et avait tenu parole. Il était
temps, enfin, de disparaître. Katabolonga, lentement, s'approcha. D'une des petites boîtes en acajou qu'il portait autour du cou, il sortit la vieille
pièce rouillée de Tsongor. Et délicatement, sans
dire un mot, il la glissa entre les dents du mort.
Tout était achevé. Au terme de sa vie, Tsongor
mourait avec pour seul trésor la pièce de monnaie
qu'il avait emportée la veille de sa vie de conquêtes. Ainsi prit fin la lente agonie du roi Tsongor.
Il sourit avec tristesse, comme un supplicié. Il sourit en contemplant les visages de son fils et de son
vieil ami et mourut pour la seconde fois.

Souba resta longtemps au chevet du cadavre. Il
conservait en son esprit la dernière expression de
son père. Ce sourire triste et lointain qu'il ne lui
connaissait pas de son vivant. Il comprenait que
pour Tsongor, il ne pouvait y avoir de soulagement. Malgré le retour de son fils et la pièce de
Katabolonga, le vieux roi mourait en pensant à

Samilia. Et ce souvenir le tourmentait jusque dans sa mort.

Souba souleva la dalle puissante de marbre et scella le tombeau. Tout était fini. Il avait fait ce qu'il devait. C'est alors que Katabolonga se tourna vers lui et lui dit, avec douceur :

"Va maintenant, Souba, vis la vie que tu dois et ne crains rien. Je reste auprès de Tsongor. Je suis là. Je ne bougerai pas."

Et avant que Souba ait pu répondre quoi que ce soit, le grand rampant au visage creusé le serra contre lui et lui fit signe de partir. Il n'y avait plus rien à dire. Souba le sentit. Il se retourna et marcha vers la porte du tombeau. Katabolonga contempla sa silhouette de dos, en récitant entre ses dents des prières pour recommander Souba à la vie. Il sentit la mort monter en lui.

"Voilà, pensa-t-il, c'est mon tour maintenant. Je n'irai pas plus loin. Je suis le dernier du vieux monde. Le temps du roi Tsongor et de Massaba est révolu. Le temps de ma vie aussi. Je n'irai pas plus loin."

Il s'accroupit devant le tombeau, comme un garde, prêt à bondir. Une main sur le pommeau de son poignard, l'autre tenant le tabouret d'or sacré. Et il mourut. Son corps se figea comme la pierre et il resta ainsi pour l'éternité. Telle une statue vigilante qui interdit l'accès de ce lieu sacré aux intrus. Il était là, Katabolonga. A jamais. La tête fière et droite. Les yeux fixés sur la porte du tombeau et sur Souba qui disparaissait.

Le fils du roi Tsongor sortit des vastes salles creusées dans la roche, retrouva la lumière du jour et monta sur sa mule éternelle. Il refit le trajet en sens inverse à travers les hautes roches qui l'observaient en silence. Durant toutes ces nuits de voyage, il n'avait cessé de se poser la même question. Pourquoi son père lui avait-il confié cette tâche ? Pourquoi l'avait-il condamné à l'exil et à la solitude ? Loin des siens. Contraint à ne plus rien savoir du sort de Massaba. Pourquoi l'avait-il désigné lui, Souba, le plus jeune d'entre tous ? Lui qui rêvait d'une tout autre vie. Lui qui, tant de fois, avait voulu renoncer aux sept tombeaux pour aller secourir Massaba. Ces questions l'avaient souvent agité et jamais il n'avait su y répondre. Il avait vieilli. Et il avait fini par prendre cette tâche comme une malédiction qui l'avait banni du monde et de la vie. Mais à cet instant, brusquement, il comprit que son père, sur la terrasse de Massaba, durant sa grande nuit blanche, avait tout entrevu. Il avait vu la guerre terrifiante qui se préparait. Il avait vu le siège sanglant de Massaba et les massacres infinis qui couvriraient la plaine de sang. Il avait senti que le monde allait vaciller. Que tout disparaîtrait. Qu'il ne resterait plus rien et que ni lui ni personne ne pourrait s'opposer à ce vent sauvage qui emporterait tout. Alors il avait fait venir Souba et l'avait condamné à des années d'errance et de travaux. Pour que, durant tout ce temps, il se tienne éloigné du malheur qui mange tout. Pour qu'au terme de tout cela, il reste au moins un homme. Et il avait eu raison. Il en restait un aujourd'hui. Le dernier survivant du clan Tsongor.

Souba s'était acquitté de sa promesse, mais le sourire triste de Tsongor l'obsédait. Il restait Samilia que tous avaient oubliée et que la vie avait saccagée. Il pensa, un temps, partir à sa recherche. Mais il connaissait l'immensité du royaume et il savait qu'il ne la retrouverait jamais. Cette quête-là était vaine. Il réfléchit longtemps sur sa mule. Jusqu'à atteindre le dernier défilé des montagnes pourpres. Il leva alors la tête et regarda le paysage autour de lui. Les montagnes étaient dans son dos. Face à lui l'immensité du royaume. Il était le dernier d'un monde englouti. Un homme mûr dont la vie n'avait pas encore commencé. Il lui restait à vivre. Il sourit. Il savait maintenant ce qu'il devait faire. Il allait construire un palais. Jusqu'à ce jour il avait obéi à son père et érigé les tombeaux, un à un. Aujourd'hui, c'était à Samilia qu'il fallait penser. Il construirait un palais. Le palais de Samilia. Un édifice austère et somptueux qui serait le couronnement de ses travaux. Il essaierait d'égaler la beauté de sa sœur. Il ferait en sorte que le palais dise à la fois le faste de sa vie et le gâchis de cette existence mangée par le malheur. Oui, il lui restait cela à faire. Les tombeaux de Tsongor, nul n'y pénétrerait jamais. Il les avait tous scellés un à un pour que n'y règnent que le silence et la mort. Le palais de Samilia resterait ouvert. Un abri princier pour les voyageurs. Les hommes y viendraient de partout pour s'y reposer. Les femmes y déposeraient des offrandes pour honorer le souvenir de la fille du roi Tsongor. Un palais ouvert aux vents du monde. Comme un caravansérail résonnant de bruits et de rumeurs. Il construirait ce palais et peut-être, un jour, Samilia entendrait-elle parler de ce lieu qui porterait son nom. C'était le seul espoir qu'il lui restait. Qu'elle en entende parler et vienne à lui. Il construirait un palais pour appeler sa sœur. Et tant pis si elle était déjà trop loin. Hors des limites du monde. Tant pis si elle devait ne jamais revenir. Le palais serait là. Pour dire à tous la faute des Tsongor. Pour honorer le souvenir de Samilia et offrir, à jamais, à ses sœurs errantes, l'hospitalité.

TABLE

Chapitre I
La grande nuit blanche du roi Tsongor............. 9

Chapitre II
Le voile de Souba.. 51

Chapitre III
La guerre.. 73

Chapitre IV
Le siège de Massaba 101

Chapitre V
L'oubliée 139

Chapitre VI
Dernière demeure... 177

OUVRAGE RÉALISÉ
PAR L'ATELIER GRAPHIQUE ACTES SUD
REPRODUIT ET ACHEVÉ D'IMPRIMER
SUR ROTO-PAGE
EN MARS 2003
PAR L'IMPRIMERIE FLOCH
A MAYENNE
POUR LE COMPTE DES ÉDITIONS
ACTES SUD
LE MÉJAN
PLACE NINA-BERBEROVA
13200 ARLES

DÉPÔT LÉGAL
1ʳᵉ ÉDITION : AOÛT 2002
Nº impr. : 56772.
(Imprimé en France)

LE POINT DE VUE DES ÉDITEURS

Au cœur d'une Afrique ancestrale, le vieux Tsongor, roi de Massaba, souverain d'un empire immense, s'apprête à marier sa fille. Mais au jour des fiançailles, un deuxième prétendant surgit. La guerre éclate : c'est Troie assiégée, c'est Thèbes livrée à la haine. Le roi s'éteint mais ne peut reposer en paix dans sa cité dévastée. A son plus jeune fils, Souba, échoit la mission de parcourir le continent pour y construire sept tombeaux à l'image de ce que fut le vénéré – et aussi le haïssable – roi Tsongor.

Roman des origines, récit épique et initiatique, le nouveau livre de Laurent Gaudé déploie dans une langue enivrante les étendards de la bravoure, la flamboyante beauté des héros, mais aussi l'insidieuse révélation, en eux, de la défaite. Car en chacun doit s'accomplir, de quelque manière, l'apprentissage de la honte. Telle est en effet la vérité cachée, celle qui s'impose par-delà les élans du cœur et les lois du clan. Telle est peut-être l'essence même de la tragédie.

Romancier et dramaturge, Laurent Gaudé a publié chez Actes Sud cinq pièces de théâtre : Combats de possédés *(1999),* Onysos le furieux *(2000),* Pluie de cendres *(2001),* Cendres sur les mains *(2002),* Le Tigre bleu de l'Euphrate *(2002), et un roman :* Cris *(2001).*

N° D'ÉDITEUR : 4649
: AOÛT 2002
7-3924-6

C France

9 782742 739240